Kees & Ko detectivebureau

Kees & Ko detectivebureau

Harmen van Straaten

Pimento

Lees ook van Harmen van Straaten:
Kees & Ko detectivebureau, de scooterbende

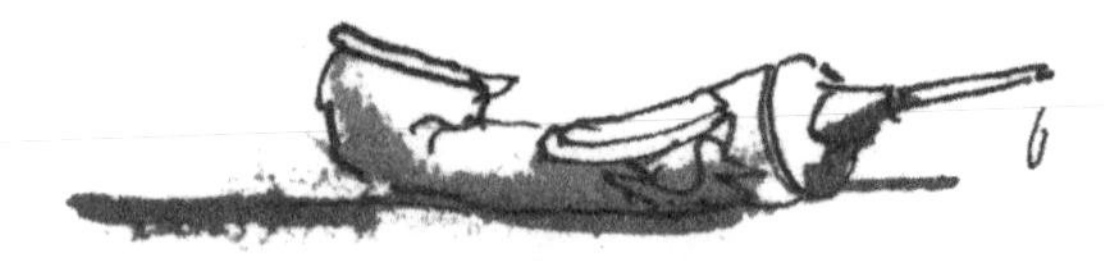

Waarschuwing: enige schade veroorzaakt door het lezen van dit boek is voor eigen rekening en risico van de gebruiker.

De directie van Kees & Ko, detectivebureau

Kees

(directeur)

Omslagbelettering Petra Gerritsen
Zetwerk ZetSpiegel, Best
www.kees-en-ko.nl
www.harmenvanstraaten.nl
www.pimentokinderboeken.nl

ISBN 90 499 2068 3
NUR 283

Pimento is een imprint van Foreign Media Books BV, onderdeel van Foreign Media Group

Proloog

'VERTROUW NIEMAND. Niet je beste vriend, je broer, je zus en misschien zelfs niet je ouders.'

Dat is les één die elke detective moet leren. Het moet zijn lijfspreuk zijn, die als waarschuwing op een tegel boven zijn bureau hangt. Achter elke boom kan een beer staan! Een detective zonder wantrouwen kan nooit een goede speurder worden.

Mag ik me even voorstellen: mijn naam is Kees, vennoot en oprichter van 'Kees & Ko detectivebureau'. Hét adres voor alle onopgeloste misdrijven en andere mysteriën en hét adres ter voorkoming daarvan.

Wie is dan Ko? Dat is mijn hond, van het soort teckel, rasonzuiver. Ko is mijn speurhond i.o., dat wil zeggen 'in opleiding'. Hij moet nog veel leren, maar de wil is aanwezig en daar gaat het om. Ik ben hem op dit moment aan het bijbrengen dat hij moet blaffen als iemand zich aankondigt zonder te kloppen. Tot nu toe is hij vooral de stille vennoot. Er is nog een lange weg te gaan, zullen we maar zeggen.

We houden tijdelijk kantoor op de vliering boven de

houten schuur. Van hieruit hebben we een fantastisch uitzicht over het boerenland. Strategisch gezien is dit een goede plek. Je kunt hier iedereen in de gaten houden en ondertussen eventuele overtredingen noteren. En vooral aanwijzingen in stilte uitwerken. Ik zit hier te wachten op mijn vriendin Teuntje en mijn goede vriend Bas, die zeer toegewijd diensten verrichten voor mijn detectivebureau.

O ja, we moeten even iets afspreken. Zullen we het in hun bijzijn niet hebben over vennoten en zo? Dat voorkomt veel gedoe. Laat ik het zo zeggen: drie actieve vennoten binnen een detectivebureau is als drie kapiteins op een schip. Dat zijn er twee te veel, snap je?

Maar goed, ik zal toch eerst maar eens vertellen over deze rampzomer. Hoe een flitsende jongen met uitstraling, man van de wereld in wording, uit de grote stad tijdelijk hier op het boerenland zijn weg dient te vinden. Dat valt heus niet altijd mee.

Naar waarheid opgetekend,
(in drievoud)

Kees & Ko
Detectivebureau

Kees

(directeur)

EPISODE 1

Hoe het allemaal begon

Het begon allemaal in januari. De tijd van het jaar dat de vakantiebrochures weer in de brievenbus beginnen te vallen. Ik had met mijn zus Caro via internet al een kleine voorselectie gemaakt ten aanzien van de bestemmingen. De buren hadden vorig jaar hun huis geruild met Amerikanen en konden daardoor twee weken in het buitenhuis van die mensen op Hawaï doorbrengen. Begrijp je een beetje in welke richting mijn zus en ik zaten te denken? Ik een beetje leren kitesurfen, en mijn zus uitgebreid op zoek naar een jongere uitvoering van Enrique Iglesias. Zo was er voor elk wat wils. Je kent vast wel die spreuk van je ouders: hebben de kinderen het naar hun zin op vakantie, dan hebben wij het naar onze zin. Nee, we hadden het prima voor elkaar. Het zou weer een fantastische zomer worden.

Hoe konden we ons vergissen. Het was zondagochtend en al bijna eind januari. Onze ouders hadden nog steeds niks geregeld. Caro en ik begonnen ons een beetje zorgen te maken over de vakantiebestemming. Terecht, zo bleek.

Bij het ontbijt die morgen viel de Hawaï-droom in duizend stukjes, bleef Enrique een foto boven het bed van Caro en kon ik alleen nog maar hopen dat ik later in mijn leven ooit nog eens zou leren kitesurfen. Het is net als met snowboarden, als je er niet al jong mee begint dan kun je het eigenlijk verder wel vergeten.

'We zijn er uit,' sprak mijn vader.

'Ja,' knikte mijn moeder.

'We hebben besloten het dit jaar dichter bij huis te zoeken.'

Ik sloot mijn ogen. Niet de Belgische Ardennen, met de eeuwige regengordijnen. Alles behalve België, alsjeblieft. Ik kneep mijn handen bijna stuk. Alsjeblieft niet naar de Ardennen. Lieve Heer, laat het niet België zijn. Denk aan mijn reputatie op school, in de straat, in de stad of waar dan ook.

Mijn gebed werd verhoord.

'We hebben een boerderijtje gehuurd in Nederland,' zei mijn vader blij. 'We gaan drie weken, want er is een internetaansluiting dus ik kan lekker een beetje werken tussendoor.'

Mijn vader ontwerpt verpakkingen voor diverse producten, vandaar.

Caro en ik konden eerst even geen woord uitbrengen.

'Is het in zo'n park met meer boerderijtjes?' probeerde Caro daarna de moed er nog in te houden.

'Nee, we zijn lekker onder elkaar met het gezin,' antwoordde mijn moeder.

Ik kon mijn teleurstelling bijna niet verbergen. 'We hadden eigenlijk gedacht dat we net zoals de buren misschien huizen konden ruilen met iemand in Hawaï.'

Caro knikte. 'En daar hebben ze vast ook wel een internetverbinding.'

'Ja,' voegde ik eraan toe. 'En een heel snelle verbinding. Bovendien gaat het met gesloten portemonnee.'

Caro keek mij vragend aan.

'Dat je er niet voor hoeft te betalen,' legde ik uit.

'Inderdaad,' knikte Caro, 'het is supervoordelig.'

Mijn moeder stond op om de tafel af te ruimen. 'Ons besluit staat vast. We gaan naar dat boerderijtje toe.'

'En Ko dan?' probeerde ik nog. 'Het was zo leuk voor hem geweest in het pension.'

'Dat scheelt nog geld ook,' zei mijn vader. 'En hij kan daar heerlijk los rondlopen.'

Je begrijpt dat we er echt alles aan gedaan hebben om deze ramp, die als een Hollandse regenwolk boven ons hing, te voorkomen. Maar onze ouders waren heel volhardend deze keer. Normaal gesproken hadden ze echt wel naar ons geluisterd. Bijvoorbeeld als het om de autoaanschaf ging. Caro hoefde maar even te zeggen dat oom Henk het ook een mooie auto zou vinden. Dat was voor mijn vader vaak al genoeg om van gedachten te veranderen. Maar nu leken we wel door onze argumenten heen te zijn. Of we kwamen net op het verkeerde ogenblik met het foute argument, zo van slag waren we. Caro sloeg helemaal de plank mis toen ze opmerkte dat oom Henk en tante Annemarie ook naar het verre buitenland gingen. Ik gaf haar een trap.

'Stomme tuthola,' siste ik. 'Je geeft ze extra munitie.'

Op dat moment schoof mijn vader zelfvoldaan achter zijn krant vandaan. 'Dat is dan ook de reden dat we deze keer in eigen land blijven. Met dat soort mensen wil je nog niet dood aangetroffen worden. Maar als jullie het echt zo erg vinden... '

We hingen aan zijn lippen, want als drenkeling ben je blij met elk stuk hout dat je wordt toegeworpen.

'Nou?' riepen we. We wilden zijn verlossende antwoord wel inademen.

'Dan... ' Hij zweeg even. Mijn vader heeft een goede timing, moet je weten. 'Dan kunnen jullie misschien samen naar Kreakamp.'

Mijn vader had ons in zijn greep en hij wist het, want we dropen verslagen af. Creakamp stond met stip op nummer 1 van mijn lijst met erge vakanties.

Nummer 1

Creakamp, met buitenplee, gezamenlijke douches en corvee. Heel veel kleien, pitrieten, pottenbakken en dropping. Vooral de bonte avond zorgt voor een hoge notering. Een zangboekje met liedjes, moet ik nog meer zeggen? Of een dramajuf die de dramaschool heeft gedaan. Heb je weleens dramales gehad? Nee? Moet je ook niet proberen, gewoon lekker niet doen. Drie weken Ardennen in de regen is net iets minder erg.

Nummer 2

Een houten bungalowtje of blokhut in de regen achter een slagboom in de Belgische Ardennen.

Nummer 3

Een boerderijtje op het platteland. Spreekt voor zich. Is bij regen vergelijkbaar met de Ardennen.

Mijn vrienden condoleerden mij toen ik het ze vertelde. Het viel echt niet mee om mij te zijn de maanden erna.

'Je moet je msn-naam veranderen in Kees Hawaï,' probeerden ze nog lollig.

'Misschien moet je zo'n hawaïshirt kopen,' opperde mijn skatemaat Jurriaan.

'Hawaïburger, wie weet verkopen ze die in de snackcaravan,' gilde Agnes.

Weer iemand minder op de uitnodigingenlijst voor mijn megaverjaardagsfeest.

'Nog één keer het woord Hawaï en je krijgt een oplawaai,' viel ik uit.

Maar goed, ik kreeg toch de nodige steun van ze bij de skateramp. Ze begrepen ook wel hoe erg mijn situatie was. Drie weken in een afgelegen boerderij met mijn zus Caro. Nee, met mij wilden ze echt niet ruilen.

Het is bijna zover

De maanden die aan de 'emigratie' voorafgingen, vlogen voorbij. Mijn moeder vroeg ons alvast wat regenkleding klaar te leggen. Kijk, zo krijg je de sfeer er toch al goed in.

Het had weinig zin om ons nog te verzetten, want we zouden hoe dan ook naar die boerderij gaan. 'Om', zoals mijn vader zei, 'de geur van het platteland drie weken lang in en uit te ademen.' Nou, misschien dat hij het nog niet wist, maar het platteland stinkt.

Caro was al die maanden niet te harden. Ze had haar bureaustoel volgekladderd met de naam van een of andere Jeroen. Maar Jeroen is inmiddels van de trofeestoel verwijderd en vriendin Angelique is verdwenen uit de mobiel. Je snapt misschien wel waarom. Ik wijs nogmaals op de lijfspreuk van elke detective: vertrouw helemaal niemand, zelfs niet je beste vriendin. Aan Caro zouden we de komende vakantie niet zoveel hebben, had ze al aangekondigd. Ze zou gaan bivakkeren op haar slaapkamer en daar pas aan het einde van de verbanning weer uit komen. Wat ze toen nog niet wist, was dat er geen sprake zou zijn van een eigen kamer. Daar aangekomen zou blijken dat we samen een kamer met stapelbed moesten delen. De film waarin wij de hoofdrol gingen spelen had een heel slecht script.

Nou, wat is er nog meer te vertellen? Dat ik met Jurriaan afscheid nam van het jongenskoor. We waren er gewoon klaar mee. Mijn vader en moeder waren pissig dat ik het niet met hen overlegd had. Maar ik had er echt geen zin meer in om een Pools nachtegaaltje te zijn. Alleen omdat mijn moeder het koor zo leuk vond en plaatsen vooraan wilde hebben bij de uitvoering van de *Mattheus-Passion.* Wat Jurriaan en mij betrof, zouden dat gewoon staanplaatsen worden. Als er wat flexibiliteit zou zijn geweest, ik noem bijvoorbeeld een onderwerp als Hawaï, dan was ook dat koor nog bespreekbaar geweest.

Verder hadden Jurriaan en ik het tegen het einde van het schooljaar helemaal gehad met de gymbeul. Jurriaan had bij het springen over de bok een enorme scheet gelaten midden in het gezicht van de Spiermassa. Laat ik het als volgt samenvatten: de Spiermassa houdt van turnen, wij niet. De Spiermassa heeft de pik op ons, wij ook op hem. Jurriaan en ik hadden het er vaak over gehad hoe we hem een lesje konden leren. Een andere keer zagen we zijn gymschoenen staan. Ik keek naar Jurriaan, hij keek naar mij. We keken naar de schoenen en daarna naar de wc. Toen knikten we naar elkaar.

Je begrijpt dat het gymlokaal onbegaanbaar werd nadat we één schoen in de stortbak hadden geplaatst en één in de pot. Maar nu komt toch weer die belangrijke regel, die elke detective uit zijn hoofd kent. Je maakt hem wakker en wat zal zijn eerste zin zijn? 'Vertrouw niemand, zelfs niet als het je beste vriend is.'

Jurriaan had Bob verteld over de gymschoenen van de Spiermassa. Hij weet toch dat Bob nooit een geheim kan bewaren! Wil je een geheim geen geheim meer laten zijn? Je wilt, zeg maar, iets laten uitlekken? Dan is Bob je man. Heus, ik verzeker je, Bob zorgt ervoor dat het geheim binnen de kortste keren bij iedereen bekend is.

Zo kwam het dat Jurriaan en ik tegen het einde van het schooljaar elke dag de speelplaats met een prikker papiervrij moesten maken. Mijn vader en moeder werden ook van het gebeuren op de hoogte gesteld. Ze vonden dat ik een stevige straf had verdiend. Ik kreeg weer een beetje hoop. Misschien mocht ik niet mee op vakantie? Maar niks, hoor. Ik mocht mijn Gameboy inleveren samen met mijn mobieltje. Dit had tot gevolg dat ik zonder enige communicatiemiddelen midden in een agrarisch niemandsland afgesloten zou zijn van de rest van de wereld.

Zo, nu ben je ervan op de hoogte waarom een supervlotte jongen met zijn speurhond in opleiding op de vliering boven de schuur zit te wachten. Nu ik je een beetje bijgepraat heb, kan ik misschien een begin maken met het beschrijven van de situatie vanaf het vertrek naar onze vakantiebestemming tot, zeg maar, nu.

We gaan

Het was vreemd om deze keer op vakantie te gaan zonder dat we al om vijf uur 's ochtends in de auto hoefden te stappen. Niet naar een verre bestemming ergens in Zuid-Europa, geen gebraden gehaktballetjes deze keer, of boterhammen met gekookte eieren van de avond ervoor. Geen zak met verrassingen voor op de achterbank, niets van dit alles. We hoefden niet eens om negen uur voorbij de spits in Antwerpen te zijn. Nee, we konden deze keer op ons gemak naar onze bestemming rijden.

'Ik voel me toch zó ontspannen,' zei mijn moeder. 'Als dit me bevalt, ga ik voortaan elk jaar zo op vakantie.'

Caro en ik keken elkaar aan. Er was voor ons een hoop werk te verrichten in de komende drie weken.

Met een slakkengangetje verlieten we onze stadse bovenwoning. We hoefden deze keer maar één keer terug om te zien of het koffiezetapparaat echt wel uit stond. We waren onderweg naar een buitenland in eigen land. Vanaf Utrecht alsmaar rechtdoor, een paar keer links- en rechtsaf en dan begon je al iets in je neusgaten te voelen. Caro moest niezen.

'Ik geloof dat ik allergisch ben voor het platteland.' Ze keek in haar zakspiegeltje.

‘Je hebt helemaal opgezette ogen,’ dikte ik het wat aan. ‘Zo kun je niet naar buiten, hoor.’

Caro en haar vriendinnen zouden nooit zonder iets op hun gezicht te smeren de straat op gaan, dacht ik bij mezelf.

‘De drogist laat zijn badkamer verbouwen van het geld dat jij en je vriendinnen binnenbrengen,’ zei mijn moeder laatst voor de grap.

De enige in de auto die zich behalve mijn vader en moeder uitstekend lag te vermaken, was Ko. Zelfs in zijn slaap kwispelde hij vrolijk. De verrader. Hij heeft geloof ik nog steeds niet door wie hem twee keer per dag uitlaat.

De vakantieboerderij, we zijn er bijna

De boerderij was klein, nog kleiner dan op het plaatje dat we via internet bekeken hadden. En afgelegen is nog zwak uitgedrukt. In het midden van helemaal niets komt meer in de buurt. En het dorp… Tsja, wat zal ik ervan zeggen? Er was een café – Het Gouden Hoofd – een kerk en een begraafplaats. Verder stond er nog een groot buitenhuis waar een echte jonkheer scheen te wonen, en er zou binnenkort een wedstrijd 'tractorpulling' zijn. Kijk, nou hadden we iets waar we ons op konden verheugen.

'Hé pa, heb je dat gezien?' gilden Caro en ik tegelijkertijd. 'Tractorpulling.'

'Ik weet niet of we dat nou wel...'

'Helemaal keileuk plattelands, pa.'

'Ja, pa,' riep ik. 'Boer in Holland.'

'Ik hoop dat die boerderij een beetje uit de buurt ligt,' verzuchtte mijn vader. 'Ik kom hier voor de rust. De tram komt elke dag al bij ons binnengereden.'

'Dan had je dubbele ramen moeten nemen,' zei ik vals.

Doordat mijn vader een formulier te laat had ingevuld, kregen we geen gratis dubbele ramen van de gemeente. De hele straat is geïsoleerd, alleen wij niet.

We waren het dorp al weer uitgereden.

'Waar blijft die boerderij nou?' vroeg Caro. 'We hebben toch geen afslag gemist?'

Mijn moeder zat met de routebeschrijving op haar schoot. 'Na het dorp vijf minuten doorrijden en dan linksaf een zandweg in. "Welkom, u bent op uw bestemming",' las ze hardop voor.

'Daar is de zandweg,' riep Caro.

'En bij die caravan is de boerderij,' wees ik.

Ook Ko was inmiddels wakker geworden en blafte enthousiast mee.

'Ik begrijp niet goed wat die caravan hier doet,' mompelde mijn vader. 'Daar is niks over afgesproken.'

We reden het grindpad voor de boerderij op en mijn vader zette de wagen stil.

'Wat een rust,' verzuchtte hij.

Maar toen zwaaide de deur van de caravan open.

'Surprise, surprise!' gilde een bekende stem.

In de deuropening stonden oom Henk en tante Annemarie. Mijn vader kon eerst geen woord uitbrengen.

'Henk de Neus en de Danseres Zonder Naam,' kreunde hij.

'Wat een verrassing,' riep mijn moeder toen ze haar zus begroette.

Mijn vader kon zich maar moeilijk herstellen van de schok. Laat ik er dit over zeggen: mijn vader en oom Henk kunnen volgens oom Henk wel door één deur. Voor oom Henk is er volgens mijn vader maar één deur, namelijk de uitgang. De Neus, zoals mijn vader hem altijd noemt, heeft niet alleen een grote neus, hij steekt hem ook nog eens overal in. Tante Annemarie heeft een tijdje bij het ballet gezeten, op de achtergrond, zoals mijn vader altijd benadrukt. Heel erg onzichtbaar op de achtergrond. We zijn weleens gaan kijken naar een voorstelling.

'En,' vroeg ze na afloop, 'hebben jullie me gezien?'

'We zaten steeds in een lamp te kijken,' antwoordde mijn vader.

'Jullie kwamen toevallig langs?' vroeg hij aarzelend.

'Nou, we dachten, laten we als verrassing komen,' antwoordde oom Henk. 'Ik zeg: "Annemarie, die gekke Han en Hannie, altijd hebben ze wel wat. Gaan ze in een boerderijtje zitten, hoe verzinnen ze het. Drie weken lang, is het niet om te gillen?" Heb ik dat niet gezegd, Annemarie? Ik zeg, Annemarie, je zuster en haar man, dat zijn me er twee.

Maar weet je wat wij doen? Jij vraagt je zuster het adres en dan gaan we er op onze doorreis naar de Provence eventjes langs.'

Tante Annemarie stond al die tijd te knikken.

'Gezellig dat jullie er zijn,' hoorde ik mijn moeder zeggen. 'Het platteland kan een beetje stilletjes zijn.'

Vertel mij wat, dacht ik bij mezelf. Had dat van tevoren met mij overlegd, dan hadden we hier in de eerste plaats nooit gezeten en in de tweede plaats nu al een goudbruin kleurtje gehad. *Couleur locale* van Hawaï. Maar goed, mijn moeder zag dat platteland dus een stuk minder zitten dan mijn vader. Het was goed om te weten hoe de verhoudingen lagen. Er was geen overweldigende meerderheid voor het platteland.

'Het is wel vreselijk óm, hoor,' probeerde mijn vader nog.

'Ach, wat maakt dat uit? We zijn er nu toch, gezellig hè?' vervolgde mijn oom. Luisteren is niet zijn beste eigenschap.

'En weet je wat? We blijven gewoon een paar dagen. Wat een heerlijk plekje. Alleen het gras zou weleens gemaaid kunnen worden. Wat doen we vanavond met eten?'

Caro en ik keken elkaar aan. We hadden eigenlijk wel met pa te doen. Maar wie wilde ook al weer zo nodig hiernaartoe en wie had hem op andere vakantiebestemmingen gewezen? 'Iedereen is verantwoordelijk voor zijn eigen beslissingen,' zegt mijn vader altijd. Ik geef hem groot gelijk.

Oom Henk en tante Annemarie hadden inmiddels plaatsgenomen aan de campingtafel en schonken mijn ouders koffie in uit de thermoskan.

'Lekkere Hollandse koffie,' riep oom Henk.

Terwijl Caro haar spullen naar binnen bracht en ik haar hoorde gillen dat er maar twee slaapkamers waren, verkende ik de omgeving. Nou moet je weten dat ik in tegenstelling tot mijn hond Ko een heel gevoelige neus heb. Ik rook gewoon dat we hier niet alleen waren. Ik voelde dat we in de gaten werden gehouden. Maar door wie en waarom zou me pas later duidelijk worden. Vertrouw niemand, die les komt altijd van pas.

Bas en Teuntje

Vanaf de zolder van de hooischuur naast de boerderij hielden Bas en Teuntje iedereen nauwlettend in de gaten. De vader van Teuntje was eigenaar van het vakantieboerderijtje en hij verhuurde het in de zomermaanden. Bas' vader was eigenaar van café-restaurant Het Gouden Hoofd.

'Wat voor mensen komen er eigenlijk?' had Bas de dag ervoor gevraagd.

'Weet ik niet,' antwoordde Teuntje.

'Zullen we ze gaan bespioneren vanuit de schuur? Daar kunnen we ze goed in de gaten houden,' had hij enthousiast geroepen.

'Waarom?'

'Misschien zijn het wel criminelen.'

'Hoezo?'

'Mijn vader las laatst uit de krant voor dat het platteland een goede schuilplaats is voor criminelen.'

'Dus jij denkt dat het misdadigers zijn?'

'Dat zal moeten worden vastgesteld,' mompelde Bas. 'Laten we een spionagedienst oprichten.'

Teuntje plukte aan haar haar. 'Hoe gaat dat bureau dan heten?'
'We moeten een heel ingewikkelde naam kiezen zodat niemand erachter kan komen.'
Bas pakte een stukje papier en schreef er W.O.b.e.S.d. op.
'Wat betekent dat?'
'Wetenschappelijk Onderzoeksbureau en Spionagediensten, Agent 002.'
'Heb je het tegen mij?' vroeg Teuntje.
'Ja.'
'Waarom ben ik niet Agent 001?'
'Hoezo? Ik heb toch de geheime dienst opgericht.'
'Maar de boerderij is van mijn vader.'
'Laten we erover stemmen.'
'We zijn maar met zijn tweeën!'
'Als we af en toe van nummer wisselen, kan de vijand ons ook nooit uit elkaar houden,' besloot Bas.
'Jij je zin. Maar wat gaan we dan doen?' vroeg Teuntje.
'Observeren en noteren,' antwoordde hij.
'Wanneer dan?'
'Als de subjecten arriveren.'
'Dat is morgen al.'
'Weet jij hoe laat?'
'Dat moet ik aan mijn vader vragen.'
Teuntje kwam er die avond via haar vader achter dat de huurders in de loop van de morgen zouden komen.

De volgende ochtend gingen Teuntje en Bas al vroeg met de sleutel van haar vader de hooischuur in. Met een verrekijker en een notitieblok wachtten ze op de gasten.

Teuntje begon er net een beetje de balen van te krijgen, toen ze plotseling een geluid op het grindpad hoorden. Een auto met caravan kwam het veld opgereden. Ze hoorden en zagen een man en een vrouw uitstappen.

'Verdachte subjecten begeven zich naar de voordeur,' fluisterde Bas. Schrijven, gebaarde hij naar Teuntje.

'Wat dan?'

Het kenteken, playbackte hij.

'Sorry hoor, maar misschien kun je het gewoon zeggen. Alsof die mensen ons kunnen horen.'

Bas wilde iets zeggen, maar hij besloot dat het beter was als hij zijn collega-geheimagent te vriend hield. Hij pakte zijn mobieltje en zette het stel op de foto.

'Hadden we niet beter kunnen zeggen dat we zouden komen?' hoorden ze de onbekende vrouw zeggen. 'In plaats van het geheim te houden? Je weet hoe je zwager is.'

Bas hoorde het woord 'geheim' vallen. Teuntje hoorde het ook. Ze stikten bijna van de opwinding. Toen vielen de woorden 'verstoppen' en 'caravan'.

'De caravan,' fluisterde Teuntje zenuwachtig. 'Ze hebben iets in de caravan verstopt. Agent 001, we hebben een zaak.'

'Klopt, 002. We zijn nog maar net begonnen en we zijn nu al een geraffineerde boevenbende op het spoor. Kijk maar naar die mensen. Ze zien er zelfs crimineel uit.'

'Waar zie je dat dan aan?' vroeg Teuntje.

'Die man zijn neus, die is veel te groot en te dik voor een normaal mens. En zijn ogen staan ook heel dicht bij elkaar.'

'Ja,' zei Teuntje, 'en zij loopt ook erg typisch. Heel verdacht allemaal.'

'En heb je al dat goud gezien wat ze om heeft?' vroeg Bas. 'Vast gestolen. Het is volgens mij een heel gewiekste bende die gestolen spullen verstopt in caravans.'

Teuntje knikte. 'Waar zijn ze eigenlijk gebleven?' Ze speurde het veld af. Ze hadden niet opgemerkt dat de man en de vrouw de caravan in waren gegaan. Opeens klonk weer het geluid van een auto.

'Hoor je dat?' Bas stootte Teuntje aan. 'Nog meer bendeleden.'

Teuntje gluurde voorzichtig over de rand van de vensterbank. 'Er zijn twee kinderen bij,' merkte ze op.

'Zie je wel wat een uitgekookte boeven dat zijn,' fluisterde Bas. 'Ze gebruiken die kinderen als dekmantel.'

Ze hoorden de man en de vrouw zeggen dat ze op weg waren naar de Provence.

'Hoor je dat? Ze zijn op weg naar Frankrijk.'

Teuntje knikte. 'We zijn een grote internationale smokkelbende op het spoor.' Ze rilde van de spanning.

'Zie je hoe wit die kinderen zijn? En bij die ene bleekscheet zakt zijn broek af. Zouden ze wel genoeg te eten krijgen? Misschien zijn ze ontvoerd en worden ze dadelijk gevangen gezet in de caravan,' mompelde Bas. 'We moeten, zodra we de kans krijgen, op onderzoek uit.'

'Hoe bedoel je "we"?' vroeg Teuntje.

'Nou, precies zoals ik het zeg.'

'Ik vind het meer iets voor Agent 001.'

'Jij bent toch ook Agent 001?'

'Morgen pas.'

'We kunnen ook morgen op sporenonderzoek uitgaan,' mompelde Bas. 'Je bent toch niet bang?'

'Ikke? Welnee, een geheim agent kent geen angst.'

'Agent 002?' Bas stond op.

'Ja, Agent 001.'

'Als de verdachte subjecten verdwenen zijn, zullen we de caravan tot voorwerp van ons onderzoek maken.'

'Kun je niet gewoon zeggen dat we een kijkje in de caravan gaan nemen?' zei Teuntje.

'Dit is nou eenmaal geheimagententaal. Is de kust veilig, of loopt die bleekscheet met zijn afgezakte broek hier nog steeds rond?'

Teuntje keek door het raam naar buiten. 'Ze lopen het zandpad af richting de Beukenlaan. Ze gaan naar mijn vaders boerderij.' Ze volgde ze met haar verrekijker.

'Mijn vader zei al dat de huurders de sleutels zouden komen ophalen.'

'Als ze je vader maar niks aandoen.'

'Hij heeft een windbuks. Ze hebben zo een schot hagel in hun kont.'

'Dat zou dan hun verdiende loon zijn,' zei Bas. 'Kom, Agent 002, laten we snel de caravan verkennen voordat ze terug zijn.'

Ze liepen vlug door het hoge gras naar de caravan en spraken af dat Teuntje de wacht hield. Ze zou Bas bellen in geval van onraad, dat wil zeggen: als een van de verdachte subjecten plotseling weer zou opduiken. Voor de zekerheid zette Bas alleen de trilfunctie van zijn telefoon aan. Met de hiphopmuziek die klonk als hij werd gebeld, zouden ze zich zeker verraden. Teuntje zag dat Bas een paar tuinhandschoenen had aangetrokken.

'Waarom heb je die dingen aan?'

‘Wat dacht je van vingerafdrukken? Een geheim agent laat nooit sporen achter. Onthoud dat goed, Agent 002.’

Teuntje wilde Bas het liefst een dreun geven voor zijn betweterige gedoe. ‘Als je zo wijsneuzerig blijft doen, kun je wat mij betreft doodvallen met die geheime dienst van je. Dat jij nou Agent 001 bent, betekent nog niet dat ik me door jou als een imbeciel moet laten behandelen.’

Bas maakte voorzichtig de deur van de caravan open en liep naar binnen. Toen hij binnen was, hoorde Teuntje een harde bons, gevolgd door het gekletter van servies. Bas kwam naar buiten gewankeld. Hij hield zijn hoofd vast met een van pijn vertrokken gezicht. Ze rende naar hem toe en zag een enorme ravage.

‘Wat is er gebeurd?’ vroeg ze.

‘Ik struikelde over iets en probeerde me daarna aan de kast vast te pakken. Die ging open en toen kwam al die rotzooi eruit gevallen,’ kreunde hij. ‘Bloed ik erg?’

‘Ik zie niks. Haal je hand eens weg. Hmm, alleen een schrammetje. Maar misschien krijg je wel een blauwe plek.’

‘We moeten de rotzooi opruimen, anders weten ze dat we ze op de hielen zitten.’

‘Te laat,’ zei Teuntje. ‘Daar komen ze aan. We moeten snel wegwezen voordat ze ons betrappen.’

Teuntje en Bas maakten zich vlug uit de voeten.

De oprichting van het detectivebureau

Kees

Ik vertelde al dat ik een gevoelige neus heb voor onraad. Maar ik heb je nog helemaal niet verteld hoe ik tot de oprichting van Kees & Ko detectivebureau ben gekomen. We stonden met zijn allen buiten bij de caravan, mijn vader met *zo'n* gezicht natuurlijk, vanwege Henk de Neus en de Danseres Zonder Naam. Mijn moeder voelde de gespannen situatie helemaal niet aan.

'Hoe vind je onze nieuwe auto, Henk?'

Henk keek keurend naar de auto. 'Een dieseltje, zie ik. Er zijn mensen die erbij zweren. Het rijdt natuurlijk zuinig, maar ja, heuveltje op altijd vooraan in de file, hè? Ze trekken niet zo goed op. Nee, dan betaal ik liever een duppie meer. Wat heeft dat karretje eigenlijk gekost?'

Mijn vader mompelde een bedrag.

'Ook nog te veel betaald. Ik heb het je al zo vaak gezegd: bel mij! Ik weet altijd goedkope adresjes.'

Ik zag aan mijn vaders gezicht dat de emmer wat oom Henk betreft langzaam over begon te lopen. Mijn vader zei dat hij de sleutel op ging halen. *Alleen*, bedoelde hij, en zeker niet met de Neus en de Danseres.

'Ja, lekker eventjes de benen strekken,' zei mijn tante.

Zo gingen we dus in optocht naar de boer verderop om de sleutel op te halen. Toen we wegliepen, voelde ik een paar ogen in mijn rug prikken. Ik wist zeker dat iemand zich verborgen hield en ons bespioneerde. Bij de boer aangekomen, ging oom Henk uitgebreid zijn kennis van een of andere luchtverversingsinstallatie tentoonstellen. Mijn vader keek al die tijd gekweld naar de grond.

'Hebben jullie ook zo'n installatie thuis?' vroeg mijn vader opeens. Hij probeerde oom Henk uit te schakelen, maar dan moet je van goede huize komen.

'Nee, maar ik houd me graag op de hoogte van nieuwe ontwikkelingen,' antwoordde hij.

Caro had intussen de zoon des huizes gespot, en uit haar hele manier van doen bleek dat hij in de smaak viel. Vertrouw nooit op je zus, dat bleek ook nu weer. Op de terugweg bleek dat ze hun mobiele nummers al hadden uitgewisseld. De boer vroeg mij nog of ik Teuntje al had ontmoet.

'Teuntje wie?' vroeg ik.

Het bleek dat de boerenzoon ook nog een boerenzus had. Zij kon mij volgens de boer vast wel een beetje wegwijs maken in de omgeving. Ik knikte beleefd. Ondertussen dacht ik alleen maar aan de eenentwintig dagen eenzame opsluiting. Mijn oom Henk de Neus had ook nog een leuk idee. Hij dacht dat ik het misschien wel leuk zou vinden om een paar dagen op de boerderij te helpen. De boer zei dat ze altijd wel een paar extra handen konden gebruiken. Ik vond, net als mijn vader, dat het zo langzamerhand tijd werd dat de Neus en zijn Danseres hun reis naar de Provence zouden gaan voortzetten.

In optocht gingen we terug met een bos sleutels en aanwijzingen voor het butagas. De Danseres Zonder Naam had nog het lef voor te stellen dat de Neus even zou helpen met het aansluiten van het gas. Omdat hij daar meer ervaring mee zou hebben.

'Doe ik met plezier voor je, zwager.' Oom Henk mepte mijn vader op zijn rug. 'Van gasontstekingen heb ik nu eenmaal veel verstand.'

De Danseres knikte. 'Henk is reuzehandig met het campinggasstelletje.'

Bas en Teuntje

Bas en Teuntje hielden zich schuil achter een boom toen het gezelschap passeerde.

'Hoorde je dat?' hijgde Bas. 'Ze komen de boel hier saboteren. Die Neus weet alles van ontstekingen. We moeten zorgen dat deze lui niet ontsnappen. Ze hebben vast een bom bij zich in de caravan.'

'Maar wat moeten we dan doen?' vroeg Teuntje.

Bas trok een rimpel in zijn voorhoofd.

'Agent 002, hierbij promoveer ik je tot undercoveragent. Kom, dan gaan we snel naar jouw huis, dan leg ik je mijn plan verder uit.'

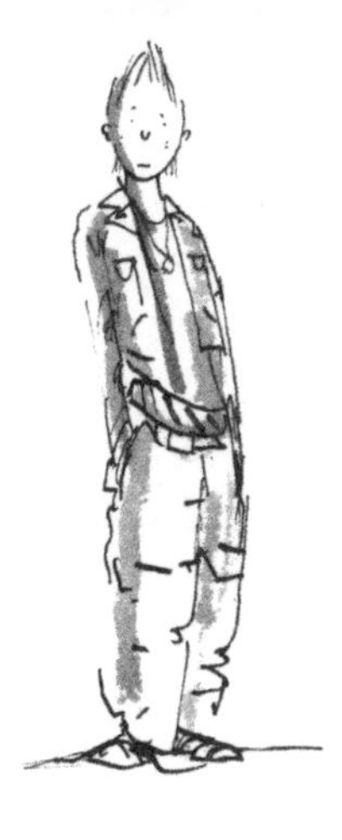

Kees

Toen we door de Beukenlaan terugliepen naar de vakantieboerderij, had ik weer het gevoel dat we in de gaten werden gehouden. Denk aan een belangrijk gezegde voor detectives: 'Achter elke boom staat een beer.' Gevaar ligt altijd op de loer.

De Neus en de Danseres waren alvast vooruitgelopen. Opeens werd de landelijke rust verstoord door een doodskreet. De Danseres stond bleek weggetrokken in de deuropening van de caravan. We renden naar haar toe. Mijn tante kon geen woord uitbrengen en wees naar binnen. Met zijn allen keken we door de krappe opening. Midden in een gigantische puinhoop, boven op een stapel onderbroeken, servies en etenswaren, lag kwispelend onze hond Ko. Henk de Neus pakte hem bij zijn nekvel.

'Ik hoop dat jullie goed verzekerd zijn.' Zijn neusvleugels trilden. 'Gelukkig heb ik altijd schadeformulieren bij me.'

Ik had me inmiddels over Ko ontfermd. 'Knap hoor, snuitje,' zei ik expres hardop, 'dat je zelf bij de deurknop kon.' Mijn oom keek mij nijdig aan.

'Liefje,' zei hij tegen mijn tante, 'hoe vaak heb ik je niet gezegd dat de deur op het kettinkje moet.'

Mijn tante keek naar de punten van haar schoenen. Straks gaat hij nog zeggen dat ze voor straf geen zakgeld krijgt deze week, dacht ik.

'Misschien kunnen jullie die hond aangelijnd houden,' ging de Neus door. 'Je weet hoe onvoorspelbaar die beesten zijn. Gelukkig dat ik altijd zo goed voorbereid ben. Nu kunnen we die formulieren meteen op de post doen.'

Ik keek naar mijn vader en vroeg me af hoe lang het nog zou duren voordat hij zou ontploffen.

Toch vond ik aan de situatie een luchtje zitten. Gesteld dat mijn tante de deur niet op de ketting, maar wel gewoon dicht had gedaan, wie had hem dan geopend?

Als de deur niet open had gestaan, hoe had Ko dan al die rotzooi kunnen maken?

Als Ko die rotzooi niet had veroorzaakt, wie dan wel?

Wat deden die tuinhandschoenen midden op het grasveld?

TUINHANDSCHOENEN? Opeens merkte ik inderdaad de tuinhandschoenen op. Deze handschoenen vormden de directe aanleiding voor de oprichting van Kees & Ko detectivebureau.

Ik had met Ko te doen, het is altijd de underdog die verdacht wordt. Maar ik wist zeker dat de handschoenen hem zouden vrijpleiten. Uit vriendschap benoemde ik hem meteen tot stille vennoot van mijn bureau, met als functie: speurhond in opleiding. Ik pakte een van de handschoenen.

'Niet bijten, Ko. Ruiken. Ruik de boef.'

Maar Ko dacht dat het een spelletje was en begon aan de

handschoen te trekken. Ko had als speurhond i.o. nog een lange weg te gaan.

Zo kwam ik op de eerste dag van mijn verbanning tot oprichting van het detectivebureau.

Bas en Teuntje

Bas en Teuntje zaten tegen de deur van het kippenhok.

'Waarom ben jij geen undercoveragent?' vroeg Teuntje.

'Omdat een van ons het kantoor van de geheime dienst moet bemannen.'

'Waar is dat kantoor dan?'

'Op de zolder van de schuur naast de huurboerderij. Zodra je nieuws hebt, sms je me. We kunnen natuurlijk ook via msn contact houden.'

'Onder onze eigen namen?'

'Nee, natuurlijk niet,' zei Bas snel.

Teuntje moest slikken. Ze kreeg steeds meer zin om Bas eens even in elkaar te meppen.

Bas pakte twee papiertjes en schreef op elk twee namen: Neut002 en Sab001.

'Dat zijn onze namen omgekeerd. En nu moeten we de blaadjes opeten.' Bas begon op zijn papiertje te kauwen.

'Ik kijk wel uit. Kom maar, kippetjes.'

Teuntje scheurde haar papier in kleine snippertjes en strooide die rond in de kippenren. De kippen begonnen meteen de snippers op te pikken. Ze klapte in haar handen. 'Zo, opgeruimd staat netjes.'

Bas probeerde het papiertje weg te krijgen.

Teuntje sloeg hem op zijn rug. 'Lukt het een beetje?'

Bas spuugde het weer uit. 'Zo is het ook onleesbaar.' Hij veegde zijn mond af aan zijn mouw.

'Hoe ga ik met de bleekscheet bevriend raken?' dacht Teuntje hardop.

'We moeten onze kans afwachten,' antwoordde Bas.

Ze werden opgeschrikt door het geluid van een scooter. Geert, de broer van Teuntje, reed rakelings langs hen, midden door een plas.

'Kun je niet uitkijken!' riep Bas boos.

'Ik zag jullie niet.'

'Wat zie jij er raar uit!' gilde Teuntje.

Geert had zijn haren in plukjes omhoog staan. Hij droeg een nieuwe broek en felrode sportschoenen.

'Ga je ergens naartoe?' vroeg Teuntje.

'Bemoei je met je eigen zaken.'

'Ben je verliefd?'

Geerts gezicht liep rood aan.'Gaan jullie maar verstoppertje spelen, of een ander kinderspelletje doen.' Boos reed hij weg, de Beukenlaan in.

'Zie je dat?' Bas stootte Teuntje aan. 'Hij gaat naar de boevenbende.'

'Als hij zich maar niet in de ellende stort.' Teuntje trok een zorgelijk gezicht.

'Kom.' Bas pakte haar arm. 'We moeten achter hem aan.'

Kees

De Neus en de Danseres Zonder Naam bekeken de schade samen met mijn vader en moeder. Caro deelde de slaapkamer op in twee aparte zones en ik ging met mijn zakenpartner de sporen onderzoeken. Op een gegeven moment drong mijn boodschap tot Ko door dat het beter was de handschoen met rust te laten. Het is goed als er een duidelijke structuur is, waarbij één iemand de baas is.

Ik probeerde te zien of er voetsporen waren. Ik had de moed al opgegeven dat Ko vandaag nog enige speurzin zou krijgen. Er hadden inmiddels te veel mensen het gras platgetrapt om daar nog een patroon in te kunnen ontdekken. Ik besloot Ko iets van de omgeving te laten zien en hij liep braaf met zijn tong uit zijn bek achter mij aan. Op de landweg werd ik bijna omvergereden door de boerenzoon, die in de richting van de boerderij reed. Typisch Caro, dacht ik toen, die laat nooit ergens gras over groeien. Ik bleef de scooter nog even nakijken en had niet in de gaten dat zich midden op het zandpad een groep ongure types met crossmotoren had opgesteld. Toen ik me omdraaide, keek ik ze recht in de ogen.

'Waar denkt de bleekscheet naartoe te gaan?' hoorde ik.

Ik trok Ko een beetje naar me toe, want hij wilde ze al enthousiast gaan begroeten. Mensenkennis was ook een nog te leren les voor mijn partner in de misdaadbestrijding. Het is soms eenzaam aan de top. Ik voelde op dat moment de behoefte aan een sterke, brede schouder.

'Ik zie dat je met de waakhond op stap bent,' zei een van de zwarte leren jackies tegen mij.

Ko kwijlde zowat van het compliment.

'Kun je nog praten?' vroeg een ander op dreigende toon.

'Zijn broek zakt bijna van zijn reet af,' grinnikte er weer een.

Ik had ze kunnen vertellen dat ik op dat moment een broek aanhad uit een van de allerhipste skatewinkels. Ik wilde ze best weleens bijpraten over mode en zo. Bijvoorbeeld dat zwarte leren jacks en witte spijkerbroeken alweer een tijdje uit het straatbeeld verdwenen waren in de grote stad. 'Kees & Ko modeadviesbureau', flitste het door mijn hoofd. Toch leek het me beter even mijn mond te houden.

'Je weet dat je toestemming moet hebben?'

'Waarvoor?'

'Om hier te lopen,' snauwde een van de griezels.

'Staat er hier een bord dan?'

'Meneer is een beetje bijdehand, hè?' riep een andere sukkel. 'Misschien moeten we hem eens een lesje leren.'

Ze stonden om mij heen. Ik zag nu ook wel in dat ik mij in een hopeloze situatie bevond. 'Als een muis in de val' was een passende omschrijving. Toen hoorde ik van twee kanten stemmen.

'Laat hem met rust,' zei een meisje met halflang donker haar. Ze stond met haar armen over elkaar achter de jongens. Toen ik me omdraaide, zag ik de boerenzoon met mijn zus op zijn scooter. 'Donder op,' zei de boerenzoon. 'Dit is een privé-weg.'

'Dat proberen we dit meneertje hier ook al uit te leggen,' zei een van de jongens. 'We wilden hem gewoon wat goede manieren leren.'

'Dit is *onze* privéweg. Wanneer jullie 'm niet heel snel smeren, vraag ik of mijn vader even komt met onze rottweiler.'

'We gaan al, hoor,' riep een van de zwarte leren jackies. 'Het was gewoon een geintje.'

Een van de crossmotormislukkelingen stootte mij in het voorbijgaan nog even aan. 'Jij moet heel erg uitkijken, vriend.'

Ik moest even zuchten. Het pad van een detective loopt langs vele diepe afgronden.

'Hoi, ik heet Teuntje,' zei het meisje terwijl ze haar hand uitstak. 'Ik woon met mijn broer Geert op de boerderij.' Ze wees naar de boerenzoon die mijn zus Caro al om haar vinger had gewonden.

'Hoi,' zei ik. 'Kees & ...' Oef, ik had bijna mijn geheime bureau onthuld. 'Ik ben Kees en dit is mijn hond Ko.' Die stond trouwens in het luchtledige tegen een boom te blaffen. Aan zo'n assistent heb je dus drie keer niks. Op momenten dat het er echt op aankomt, laat hij je gewoon stikken, en dan nu een beetje indruk proberen te maken.

'Is die rottweiler van jullie erg groot en gemeen?'

Uit haar gebaar maakte ik op dat het beest ongeveer de grootte had van een kalf. Maar toen zag ik dat ze begon te lachen.

'Die heeft Geert gewoon verzonnen. We hebben alleen maar een vuilnisbakkie en die duikt zelfs weg voor een paar kippen.'

'Dan zou hij goed overweg kunnen met Ko, ook wel held op

sokken genoemd.' Ik zag intussen vanuit mijn linkerooghoek mijn zusje Caro op haar horloge kijken.

'Moet je ergens naartoe?' vroeg ik vriendelijk.

'Gaat je niks aan.'

'Kijk je uit voor je haar,' riep ik toen ze de helm weer opzette.

'Als je het precies wilt weten... Geert,' sprak ze met een lange uithaal, 'laat me het dorp zien. Doeg,' zei ze zwaaiend toen ze wegreed met Geert. 'Zul je goed op mijn broertje passen?' riep ze nog naar Teuntje.

'Wat mij betreft krijg je een doorgezeten kont met al die kuilen en stenen op de weg!' gilde ik haar na. Ze hopte op de zitting op en neer als op een paard in galop. Ik zag dat Teuntje bij mijn laatste opmerking in de lach schoot.

Vertrouw nooit iemand. Zelfs als het je zus betreft. Ik zou zeggen: vooral als het je zus betreft. Eén jongen met een vage gelijkenis met een Spaanse popzanger en ze laat je de rest van de vakantie vallen als een baksteen.

Ko stond nog steeds tegen de boom te blaffen.

'Hier,' riep ik, 'kom voor.' Dit hadden we eindeloos geoefend op de hondentraining, maar Ko keerde zich niet om en begon nog harder te blaffen.

'Misschien is er iets achter die boom?' dacht ik hardop.

'Welnee,' zei Teuntje. 'Ik denk dat hij een konijntje ruikt. Het is zijn jachtinstinct.'

'Welja,' zei ik lachend. 'Ko de jachthond.'

'Kom je mee naar de boerderij?' vroeg ze. 'Een van de varkens staat op het punt te biggen.'

Ik zei maar ja, alhoewel ik geen flauw idee had wat er stond te gebeuren.

Bas

Pas toen Kees en Teuntje ver genoeg weg waren, durfde Bas van achter de boom vandaan te komen. Hij was tot aan zijn middel doorweekt van het water uit de sloot waar hij in was gaan staan. Er kriebelde kroos op zijn rug. Gelukkig was zijn mobieltje droog gebleven. Wijdbeens en met soppende schoenen liep hij naar de boerderij van Teuntje. Hij sms'te haar snel een berichtje.

Boodschap4jou:
Neut002, Sab001 wacht op jou.
Missie deel 1 voltooid.

Kees

Met mijn nieuwe vriendin Teuntje liep ik naar haar huis. Ze probeerde me uit te horen, maar ik besloot me op de vlakte te houden. Denk erom: iedereen is een verdachte tot het tegendeel is bewezen. Ik zat met een ernstige beschuldiging ten aanzien van mijn vennoot Ko. Die kon zich niet verdedigen tegen de aanklacht dat hij de caravan met voorbedachten rade had vernield. Of wij het hem kwalijk zouden nemen is weer een heel andere vraag. Ik denk dat mijn vader hem zelfs een extra botje gunde vanwege dit initiatief. Maar daar ging het nu niet om. De naam van Ko werd door het slijk gehaald. Wij detectives moeten het onrecht de wereld uit helpen, dat is onze opdracht.

'Dus jullie zitten hier met z'n allen vakantie te vieren?' vroeg Teuntje belangstellend.

'Als je dat zo wilt noemen.'

'Hoe bedoel je?'

'De een noemt het vakantie, een ander noemt het gevangenschap.'

'Maar worden jullie dan gevangengehouden?'

'Gevangen, gevangen. Dat is ook maar een woord, hè.' Niks

laten merken, dacht ik. Ze is veel te nieuwsgierig. Misschien weet zij meer van de caravan en de tuinhandschoenen.

'Dus je wordt niet gevangengehouden?'

Ik schudde mijn hoofd. 'Nee, maar het was ook weer niet mijn eigen keuze om hiernaartoe te gaan.'

'Dus je zit hier onvrijwillig?'

In haar ogen zag ik een lichte verbijstering, volgens mij groeide ik steeds beter in mijn rol. Een goede detective laat anderen altijd met vragen zitten en laat ze ook antwoord geven op hun eigen vragen. Zo blijf je op je hoede en zal de ander zich misschien verraden.

'Zo zou je het kunnen omschrijven,' antwoordde ik op haar vraag.

We waren bij de boerderij aangekomen. Ze liet me achter in de huiskamer waar ik even op een bank ging zitten. We zouden zo naar het biggen gaan kijken, wat dat ook mocht zijn. Ze moest eerst even naar de wc. Ik bezeerde me in de tussentijd bijna aan een enorme injectiespuit die op de bank rondslingerde. Ik dacht dat de grote stad gevaarlijk was. Een van de eerste voorwerpen waarvan ik had geleerd af te blijven, mocht ik er een aantreffen op straat of in de zandbak, was een injectiespuit. Mijn moeder had mij er een keer eentje laten zien.

'Heel erg au,' vertelde ze. 'Afblijven, daar word je ziek van.

Dat 'au' en 'ziek' maakte genoeg indruk op mij. Dat was niet omdat ik kleinzerig ben, welnee, maar je zoekt het ook niet op. Ik ben niet gek op injectiespuiten. Tussen ons gezegd, gezwegen en gesproken. Eén keer een tetanusinjectie, nooit meer een tetanusinjectie.

Teuntje

Teuntje stond met haar mobieltje in de wc. Ze sms'te met Bas.

4 your eyes only
Sab001, waar ben je?
Neut002

Ben bij het kippenhok
Zeiknat
Sab001

Kom naar mijn kamer
Droge kleren!
Ze worden gevangengehouden
Deze zaak stinkt. Neut002

Ik ook, naar de sloot
Sab001

Teuntje klapte haar mobieltje dicht.

Kees

Toen ik zat te wachten op Teuntje ontdekte ik dat het al een tijdje geleden was dat de kamer was opgeruimd. Schilderijen hingen scheef en er overal lag een dikke stoflaag op. Ik zat nog met de injectiespuit in mijn handen toen Teuntje de kamer binnenkwam.

'Je hebt je toch niet bezeerd?' vroeg ze. 'Mijn vader bevrucht de varkens zelf.'

Ik trok een vies gezicht.

'Ja, niet zelf, maar met…' Ze wees naar de spuit. Ik liet hem snel uit mijn handen vallen. Plotseling begreep ik wat er met 'biggen' bedoeld werd. Een van de varkens stond op het punt te bevallen, dankzij de injectiespuit.

'Die mensen van de caravan,' begon ze.

Ik was meteen weer op mijn hoede. 'Ja,' antwoordde ik, 'wat wil je weten?'

'Blijven ze lang?'

'Lang genoeg om ons leven te saboteren,' vertelde ik haar.

Ik zag dat ze bij mijn laatste antwoord wit wegtrok. Ik begon er meer en meer van overtuigd te raken dat er iets niet klopte. Ik probeerde van onderwerp te veranderen.

‘Moeten we zo langzamerhand niet naar dat varken toe?’
Ze sprong op. ‘Ik kom eraan, even wat doen.’ Toen rende ze de kamer uit en de trap op naar boven.

Bas en Teuntje

Teuntje rende hijgend haar kamer in. Bas zat met een handdoek om zijn middel op de rand van haar bed.

'Je had gelijk, die mensen van de caravan zijn saboteurs, dat heeft hij net toegegeven.'

'We moeten iets doen, straks zijn ze weg,' stelde Bas voor.

'Wat kunnen we doen om ze tegen te houden?' fluisterde Teuntje.

Bas tuurde in gedachten verzonken voor zich uit. 'Ik denk dat ik wel iets weet, maar ik moet het thuis even uitproberen,' zei hij geheimzinnig. 'Heb je een droge broek?'

'Wacht, ik pik er een van Geert.' Nadat ze Bas de broek in handen had geduwd, rende Teuntje de trap weer af naar de gang.

KeeS

Toen Teuntje boven was, kreeg ik de indruk dat ze met iemand sprak. Misschien dat ik te achterdochtig aan het worden was. Wat bijzonder verdacht overkwam, was het natte spoor dat van de gang via de trap naar boven liep. Een detective wantrouwt altijd, dat zit in zijn bloed. De eer van Ko, mijn partner in de misdaadbestrijding, stond op het spel. Hij werd door de Neus en de Danseres Zonder Naam aansprakelijk gesteld voor een aanzienlijke schade. Reken maar dat die uitvreters zouden proberen er een slaatje uit te slaan. Veel tijd om op onderzoek uit te gaan had ik niet, want ik hoorde een deur dichtslaan en iemand naar beneden komen.

'Sorry, dat het zo lang duurde,' zei Teuntje.

'Maakt niks uit. Als je op mijn zus Caro moet wachten, kun je het beste een dvd in de speler stoppen.'

'Arme Geert,' zei ze lachend.

'Ja,' knikte ik, 'het zal hem niet meevallen.' Toen trok ze me mee naar de varkensstal om me getuige te laten zijn van de gevolgen van de injectiespuit die ik zo-even in mijn hand had gehouden.

Hoe kan ik mijn ervaringen ten aanzien van het 'biggen' nu het beste samenvatten? Laat ik dit zeggen: ik hou van de natuur, maar je kunt er ook te veel van hebben. Ik hou van varkens, maar dan vooral als karbonades bij de slager of in de supermarkt.

'Leuk, hè?' zei Teuntje. 'Ik vind het elke keer weer bijzonder.'

Ik vond het eigenlijk net zoiets als gotische kerken in Noord-Frankrijk. Heb je er één van binnen gezien, dan heb je ze meteen allemaal gezien. Daarna kun je het beste in één keer doorrijden naar de blauwe zuidkust.

We liepen naar buiten en werden opgeschrikt door de scooter van Geert, met mijn zus achterop. Caro keek betrapt.

'Misschien dat je thuis even kunt zeggen dat ik er zo aankom.' Het leek er op dat ze me weg wilde hebben.

'Misschien dat ik daar helemaal geen zin in heb. Ik ben jouw boodschappenjongen niet,' wilde ik zeggen, maar ik besloot mijn mond te houden. Ik kon mijn zus goed gebruiken als informant, zonder dat ze het in de gaten had en zonder ervoor te hoeven betalen. Je bent een uitgekookte detective of je bent een uitgekookte detective, of niet soms?

'Afgesproken,' antwoordde ik op het verzoek van Caro. Mijn zus keek me met open mond aan.

'Ga je morgen mee zwemmen?' vroeg Teuntje. Er gloorde hoop aan de horizon. Zou er dan toch een golfslagbad met pythonglijbaan zijn in deze omgeving?

'De rivier is al behoorlijk opgewarmd,' voegde ze eraan toe. 'Misschien kunnen we een vlot bouwen.'

Ja, dacht ik, dan hebben we iets om op te drijven mocht de boel hier onderlopen door het smeltwater uit Zwitserland.

'Misschien,' antwoordde ik. Zeker een beetje botulisme oplopen, dacht ik bij mezelf.

Kees

Op de terugweg probeerde ik een lijstje met aandachtspunten te maken. Een goeie detective werkt altijd puntsgewijs om een zaak helder voor ogen te krijgen. Thuisgekomen zette ik het een en ander op papier.

Zaak Ko 'de caravanbeuker' tegen oom Henk alias de Neus en tante Annemarie, in beperkte kring bekend als de Danseres Zonder Naam.

1. Medefirmant Ko, stille vennoot van het detectivebureau Kees & Ko, wordt verdacht van het moedwillig schade toebrengen aan de caravan van de Neus en de Danseres.
2. Hoe heeft verdachte de caravandeur kunnen openen? Verdachte kan door zijn gedrongen bouw niet zelfstandig bij de deurkruk. Mocht de deur afgesloten zijn geweest, zoals de Danseres heeft beweerd, dan staat hiermee de onschuld van verdachte vast.
3. Gesteld dat de deur van de caravan niet was afgesloten, wat was dan het motief van verdachte om de

schade te veroorzaken? Verdachte staat bekend als een allemansvriend en volgt nu een opleiding tot speurhond. Maar vaststaat dat verdachte vanwege zijn vriendelijke karakter afgekeurd is als waakhond.

4. Wat deden de tuinhandschoenen ter plekke? Zowel de Neus als de Danseres ontkende iets met de tuinhandschoenen van doen te hebben. Van wie zijn de handschoenen? Wie heeft ze achtergelaten? Wat hebben ze met de schade te maken? Als ik zou ontdekken wie de eigenaar van de tuinhandschoenen was, dan wist ik ook wie de schade heeft veroorzaakt. Dat zou mijn dierbare collega ook weer vrijpleiten.
5. Wie is mr. X, degene die verantwoordelijk was voor het waterspoor? Die ik schichtig zag wegfietsen in een te grote broek en snel een struik in zag fietsen toen hij zag dat ik zijn richting uit keek? Zou hij iets met de merkwaardige gebeurtenissen in de caravan te maken hebben?
6. Wat heeft Teuntje met deze zaak te maken? Mr. X kwam duidelijk van haar boerderij vandaan. Er zijn rare zaken gaande op het platteland.
7. Caro heeft weer een nieuwe verovering. Moet deze Geert gewaarschuwd worden voor haar? Ik dacht het niet.

a. Liefdeszaken, tenzij er sprake is van bedrog, behoren niet tot het werk van een swingende detective zoals ik.
b. Alles moet in het werk gesteld worden om deze

relatie stand te laten houden. Op die manier heb ik misschien wel een informant binnen een criminele plattelandsbende.

Aldus in enkelvoud opgemaakt met als getuige mijn rechterhand Ko.

Was getekend,

Kees & Ko
Detectivebureau

Kees

(oprichter, directeur en enige actieve vennoot)

Heterdaad

Kees

Vanuit het raam zag ik mijn vader en moeder voorovergebogen aan de campingtafel zitten. De Neus hield ze een formulier voor dat ze blijkbaar moesten ondertekenen, want hij duwde ze ook een pen onder de neus. Caro en ik hoefden ons voorlopig niet in te spannen om ervoor te zorgen dat dit plattelandsavontuur eenmalig zou zijn. Fris en vrolijk liep ik naar buiten.

'Caro komt wat later,' vertelde ik. 'Ze is iets met die Geert aan het doen. Ik ga morgen misschien met Teuntje zwemmen.'

'Zie je wel dat het hier leuk is,' zei mijn moeder.

Wacht maar, dacht ik, tot de Neus en de Danseres weg zijn. Voorlopig kwam het mij bijzonder goed uit dat ze er waren.

'Kom eens, vriend,' sprak de Neus. 'Misschien wil jij die verzekeringsbrief even posten. Er staat een antwoordnummer op, dus het kan zonder postzegel. Annemarie, wat zeg ik altijd? Een goed voorbereide vakantie is het halve werk. Hier knulletje, heb je nog wat geld, kun je een lekkere ijslolly kopen.'

Ik kon wel door de grond zakken.

De Neus noemde mij 'vriend'. Ik ben geen vriend van de Neus en ook nooit geweest. Bovendien kan ik me niet voorstellen dat er iemand op deze wereld met de Neus bevriend zou willen zijn.

Knulletje? Ik begin al bijna een snor te krijgen en over een paar jaar bezit ik mijn eigen scheerapparaat. Dan nog die ijslolly daaroverheen. Weet die Neus eigenlijk wel wie hij voor zich heeft?

Ik haalde diep adem en nam toch de brief in ontvangst. Wat was ook alweer de eerste regel voor elke beginnende detective?

VERTROUW NOOIT IEMAND

De Neus kende deze regel niet en gaf mij in vertrouwen de brief. Hij wist niet dat die nooit in de brievenbus terecht zou komen. Zeker niet toen ik zag wat er met Ko was gebeurd. Als een zielig hoopje lag hij in het gras met zijn riem om, die vastzat aan een tentharing. Onschuldig en nog gevangengezet ook. Nog meer haast was geboden om deze zaak zo spoedig mogelijk tot een einde te brengen.

'Ik neem Ko wel mee,' zei ik luchtig, 'dan kan hij weer even van zijn vrijheid genieten.'

Mijn vader wees onhandig naar de caravan en maakte een hulpeloos gebaar.

Ik besloot de fiets te nemen die bij de huur van de boerderij inbegrepen was en reed het fietspad op richting het dorp om zogenaamd de brief te posten. Ko kon me op zijn korte pootjes maar net bijbenen.

'Je zult je erdoorheen moeten bijten, Ko. Volgend jaar zit je weer in het hondenpension in de Flevopolder en dan zit deze jongen op Hawaï.'

Ik reed het dorp in. Bij de ingang van Het Gouden Hoofd gooide ik de brief in de prullenbak. Gepost, dacht ik. Alleen in de verkeerde bus.

Bij de houten veranda stond een grote diepvrieskist en met wat eigen geld erbij kon ik een Cornetto kopen. Ik keek even naar binnen. Op tafel lagen Perzische tapijten en er was een eikenhouten bar. De twee obers deden me denken aan Lambiek. Aan de wand hingen tegels met spreuken en er was veel opgezet wild. Een van de lambieken vroeg me of ik iets wenste. Ik vertelde hem op welk ijsje de keuze was gevallen. Toen vroeg ik waar de wc was. Daar was ik getuige van een telefoongesprek.

Soms komen alle eindjes van een zaak vanzelf bij elkaar. Een andere hoofdregel die onder het kussen van elke detective hoort:

TOEVAL BESTAAT NIET

Ik had de wc-deur een stukje open laten staan omdat de deurkruk aan de binnenkant ontbrak. Was de deur in het slot gevallen, dan had ik daar nog even gezeten. Bovendien had ik dan niet dat belangrijke telefoongesprek kunnen afluisteren.

'Hoi, met Bas,' hoorde ik een onbekende jongensstem zeggen.

'In Het Gouden Hoofd,' antwoordde hij even later. 'Ik zit onder de schrammen.'

Het was weer even stil.

'Ik kon nog net die braamstruik in fietsen, voordat die bleekscheet met zijn afgezakte broek me zag.'

Hij begon te lachen.

'Echt snel is-ie niet, hè?'

Het liefste had ik hem nu een dreun gegeven, maar dan was ik de zaak kwijt geweest die ik nu bijna rond begon te krijgen.

'Ik heb een plan, Teuntje,' sprak hij.

Ah, nu wist ik zeker dat ik de geheimzinnige Mr. X te pakken had.

'Kom vanavond naar de caravan, dan leg ik je precies uit wat ik bedoel. Ik weet hoe we die twee aan moeten pakken.'

Het was weer even stil.

'Als ze slapen,' zei hij. 'Ik zie je bij de schuur om middernacht. Tot vannacht.' Het gesprek werd beëindigd.

Een heterdaadje, juichte ik in mezelf. Dat is toch waar elke detective van droomt.

Ik besloot even op de wc te blijven om Mr. X niet te laten merken dat ik alles had gehoord. Toen ik naar buiten liep om mijn ijsje te kopen, zag ik nog net het gezicht van de jongen die ik de struik in had zien fietsen. Hij stond in de keuken, achter de eikenhouten bar.

Mijn trouwe bondgenoot Ko was keurig blijven wachten naast de fiets waar ik hem even aan had vastgebonden. Ik aaide hem onder zijn bekkie en hij gromde van genot.

'Ko,' fluisterde ik, 'nog even en je bent van alle schuld vrijgesproken. De Neus en de Danseres Zonder Naam zullen vannacht hun verdiende loon krijgen.'

Op dat moment was me alleen nog niet duidelijk hoe. Ik kon het me natuurlijk verbeelden, maar ik meende toch echt dat ik een traan zag druppelen uit Ko's rechteroog. Fijn als je cliënt zo zijn dankbaarheid toont, daar doet elke detective, pardon, elke *goeie* detective het uiteindelijk voor.

Toen ik mijn ijsje op had, fietste ik naar de boerderij. Ik moest even om mezelf lachen toen ik tevreden heel diep de plattelandslucht inademde. Ik voelde me eigenlijk best wel prettig. De rest van de avond kan ik kort samenvatten: er was een overgeorganiseerde barbecue, georganiseerd door de Neus. Mijn zus bleef onophoudelijk sms'en met haar nieuwste verovering en ik gedroeg me voorbeeldig. Zo hoopte ik mijn mobieltje en Gameboy terug te krijgen. Ook het gebruik van de computer van mijn vader, om de lifeline met mijn vrienden vast te houden, kwam weer in zicht. Ik wachtte gespannen op de dingen die zouden komen. Mijn zaklantaarn had ik al te voorschijn gehaald en ik had een goede uitkijkpost in een van de struiken uitgezocht.

Het duurde lang voordat de Neus en de Danseres naar hun caravan vertrokken. Het gezicht van de Danseres met nachtcrème op is een ervaring die ik iedereen zou willen besparen.

Eindelijk gingen overal de lampen uit en even later klonk de gelijkmatige ademhaling van Caro. Op de achtergrond hoorde ik een korte woordenwisseling tussen mijn vader en moeder.

'Hij erin, ik eruit,' zei mijn vader.

'Volgend jaar heel ver weg.'

Ik vermoedde dat het over ons bezoek ging. Kun je je voorstellen hoe tevreden ik was. Alles liep op rolletjes.

Nachtelijk bezoek

Bas en Teuntje

'Waar ben je?' sms'te Teuntje.

'Bij de schuur,' kreeg ze als antwoord terug.

Ze liep door het hoge gras en keek om zich heen of iemand haar had gezien, maar het was doodstil op het erf rondom de vakantieboerderij. Met uitzondering van het gesnurk dat uit de caravan kwam.

Bij de schuur stond Bas. Hij scheen met een zaklantaarn in het gezicht van Teuntje. Ze hield haar hand voor haar ogen, het scherpe licht verblindde haar.

'Pas op,' fluisterde ze, 'straks worden we opgemerkt.'

Bas hield de lantaarn onder zijn trui.

'Kijk eens.'

Teuntje keek onder zijn trui. In zijn handen hield Bas een klein tubetje.

'Wat is dat?'

'Superattack.'

'Ja, en?'

'Lijmt alles vast in twintig seconden.'

‘Wat ga je dan lijmen? Ik dacht dat je een plan had. Is er iets kapot soms?’

‘Ssst.’ Bas deed een stapje naar voren. ‘Zijn wij ultramoderne spionnen?’

Teuntje knikte aarzelend.

‘Superattack laat nooit meer los. Lees maar. Hier staat “vernieuwd”.’

‘Wat ga je dan doen?’

‘Blijf hier wachten,’ zei hij zachtjes. Hij sloop naar de caravan en drukte het tubetje leeg in het slot. Teuntje stond met haar armen over elkaar te wachten bij de schuurdeur.

‘Is het gelukt?’

‘Ik heb de hele tube leeggedrukt. Het zou een wonder zijn als die twee de deur ooit nog open krijgen. Ze zitten gevangen als twee sardientjes in een blikje.’

Teuntje wees naar het raam. ‘Wat dacht je ervan als ze daar gewoon doorheen zouden kruipen?’

Bas knikte.‘Heb ik ook aan gedacht.’

Uit zijn broekzak pakte hij een grotere tube.

‘Kom mee,’ zei hij. ‘Fase twee.’

Ze liepen samen naar de caravan. Teuntje maakte voorzichtig het klemmetje van het tuimelraam open. Het piepte een beetje, en op dat moment klonk juist een harde snurk van de Neus. Teuntje liet van schrik het raam los, maar Bas kon het nog net vastpakken.

‘Oeefff,’ kreunde hij. ‘We waren er bijna bij geweest.’

Met zorg spoot hij de lijm langs de rubberen afdichtring rond het raam en drukte toen het raam dicht. Hij keek op zijn horloge en telde twintig seconden.

'Laat nooit meer los,' sprak hij zelfvoldaan.

'Zullen we morgenochtend vroeg gaan kijken wat er gebeurt als ze naar buiten willen?' vroeg Teuntje.

Bas keek haar zelfverzekerd aan. 'Die saboteurs komen hier nooit weg. Het is een stel verraderlijke kinderkidnappers. Zou die bleekscheet wel iets te eten krijgen? Ik zag hem een ijsje eten alsof hij de hele week nog niks had gehad.'

'Hij mag anders wel los rondlopen,' zei Teuntje.

'Misschien houden ze iemand anders echt vast en durft hij niks te laten merken. Zo komt het ook niet verdacht over. Die twee zijn een dekmantel voor heel smerige boevenpraktijken.'

'Denk je dat mijn broer ook gevaar loopt? Moeten we dan niet de politie bellen?'

'Denk jij dat ze ons geloven? We hebben nu tijd gewonnen. Zo kunnen we de caravan aan een onderzoek onderwerpen,' sprak Bas beslist.

'Misschien heb je gelijk. Morgenochtend om zeven uur bij de schuur?' vroeg Teuntje.

'Afgesproken.'

Samen verdwenen ze.

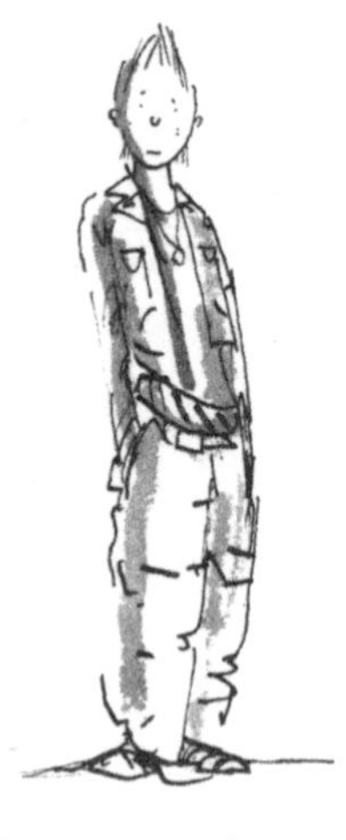

Kees

'Krijg nou wat,' was het enige wat ik kon uitbrengen. Mijn rug deed overal pijn en ik had een slaapvoet.

Er leken al uren voorbij te zijn toen ik ze opmerkte bij de schuurdeur. Ik had me verstopt achter een struik. Eerst was ik met mijn kleren aan in bed gaan liggen. Toen iedereen in slaap was gevallen, sloop ik voorzichtig de kamer uit. Ik had de meevaller dat ik door een gelukkige loting het benedenbed had gekregen.

Toen ik bijna dacht dat ze niet zouden komen opdagen, zag ik opeens het licht van een zaklantaarn bij de schuur. De jongen die Bas bleek te heten liep naar de caravan. Ik zag hem rommelen bij de deur en daarna weer teruglopen. Ik krabde op mijn hoofd. Dit was een heterdaadje, maar wat de daad inhield wist ik niet. Toen zag ik ze terugkeren naar de caravan en bij het raam ook iets doen.

Nou heb ik door het eten van vele winterpenen absoluut geen last van nachtblindheid, maar ik ben geen nachtkijker die in het donker precies ziet wat er aan de hand is.

'Zou die bleekscheet wel iets te eten krijgen?' hoorde ik Bas vragen.

Ik wilde boos achter de struik vandaan springen om hem eens even goed af te drogen. Bleekscheet? Hoe haalde zo'n uit de koude klei getrokken, onverstaanbare aardappeleter het in zijn hoofd om mij steeds zo te noemen? Maar ja, ik kon moeilijk op dat moment uit mijn rol van detective vallen. Soms valt het niet mee om privé en zaken gescheiden te houden. Ik denk dat elke detective dat als een grote uitdaging beschouwt. Een goede detective is een geweldloze detective. Die laat zeker geen privédingetjes door de zaak heen lopen.

Ik bleef in gedachten verzonken achter de struik zitten. Wat was wijsheid? In mijn hoofd werd een strijd geleverd tussen verschillende opvattingen, en de vraag was welke de overwinning moest worden gegund.

Opvatting 1

Als detective moet je het recht op zijn beloop laten. Ik zou dus de Neus en de Danseres moeten waarschuwen. Bovendien zou ik als getuige de ware schuldige(n) moeten aanwijzen.

Opvatting 2

Voor een detective heeft het belang van de cliënt altijd voorrang. Ik zou te voorschijn moeten springen om de twee sujetten op te pakken. Ik zou ze tot een bekentenis kunnen dwingen. Misschien zijn zij ook wel schuldig aan de schade in de caravan. In dat geval zou ik mijn dierbare partner volledig kunnen vrijpleiten. Dit zou ik zwart op wit in tweevoud opstellen en laten ondertekenen. Als straf zouden deze twee daarna de hele ochtend met de Neus een schadeformulier moeten invullen. De postzegel zouden ze uit eigen zak moeten betalen.

Opvatting 3

Voor een detective mogen onder bepaalde voorwaarden privé-omstandigheden voor gaan.

Als privépersoon had ik er namelijk alle belang bij dat de caravan nog even op het terrein bleef. Dit was omdat ik graag met mijn armen over elkaar aanzag hoe mijn vader en moeder zich wel twee keer zouden bedenken voordat ze volgend jaar weer een foute vakantiebestemming zouden kiezen. Een ezel stoot zich niet twee keer aan dezelfde steen.

Het was een hard gevecht van opvattingen en het was een fotofinish. Maar de beste wint en er kan er maar één winnaar zijn. Ik besloot naar bed te gaan en niets te doen. Tevreden viel ik in slaap.

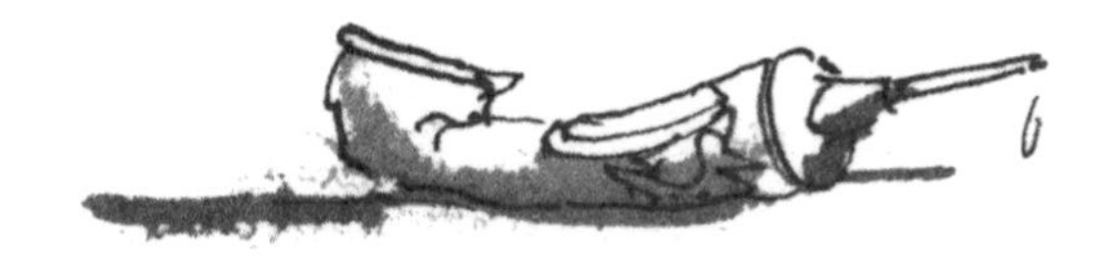

Ze blijven nog even plakken

Kees

Mijn vader en moeder zaten al aan de ontbijttafel toen ik met slaperige ogen de eetkeuken inliep. Mijn vader keek vrolijk en ik groette hem met een glimlach.

Hij kuchte even. 'De Neus... je oom en tante vertrekken overmorgen.'

'Hebben ze dat zo-even verteld?' vroeg ik nonchalant. Ik probeerde daarbij zo neutraal mogelijk te kijken.

'Nee, maar familie en vis blijven twee dagen fris. Er zitten bijna twee dagen op. Er is een tijd van komen en er is een tijd van gaan. Je moeder is het daar ook mee eens.'

Zij keek de andere kant op. Ik probeerde haar blik te vangen, maar ze ontweek me.

'Jammer voor ma,' stookte ik het vuurtje een beetje op. 'Voor haar was het wel gezellig.'

Ik zag dat mijn moeder een rood hoofd kreeg.

Je bent detective of je bent het niet. Ik had al een klein zaakje opgelost. Mijn moeder had de Neus en de Danseres zelf uitgenodigd, daar kon je vergif op innemen.

Caro was intussen ook aangeschoven. Haar mobieltje ging als een mitrailleur af.

'Kan dat ding niet uit?' vroeg mijn vader geïrriteerd. 'En wat dat ook allemaal niet kost!'

'Ik heb nog beltegoed,' zei ze gapend.

'Over beltegoed gesproken,' probeerde ik voorzichtig het onderwerp om te buigen naar mijn eigen mobiel.

'We zullen zien,' antwoordde mijn vader. 'Wat heb je trouwens voor tube aan je broek hangen?' Hij las de tekst: '"Superattack secondelijm." Heb je weer ergens in gezeten?'

'Misschien buiten,' mompelde ik. Teuntje en Bas moeten die tube in de struik hebben gegooid, dacht ik in paniek.

'Nou, die broek kun je wel weggooien,' sprak mijn vader. Hij keek op zijn horloge. 'Ik begrijp niet waar ze blijven. Jongens, kijken jullie eens even.'

Caro en ik liepen naar buiten. Daar zagen we dat de Neus en de Danseres inmiddels ook wakker waren. We hoorden ze op de ramen bonzen. Mijn tante stond met witte crème op haar gezicht als een zombie met haar neus tegen het raam gedrukt. Mijn oom schreeuwde iets over aansprakelijkheid, politie, smartengeld, gevangenisstraf en boetes. Zoveel konden we wel verstaan door het bovenluik op het dak, dat op een kiertje stond. De Neus stak zijn hand erdoor, die als de hand in de *The Addams Family* allerlei vreemde gebaren maakte.

Ik voelde een siddering door me heen gaan. Je bent als detective zo dicht bij de ontknoping. Het scheelt echt bijna niks en dan blijken de kaarten opeens weer ongunstig uit te pakken. Ik stond daar nu als verdachte, realiseerde ik me. Ik probeerde de tube van mijn broek te trekken. We waren weer bij punt nul en de zaak begon opnieuw, tenzij er zich een wonder zou voordoen. Misschien moest ik gaan samenwerken met het vijandelijke kamp. Als je ze niet kunt verslaan, sluit je dan bij ze aan.

Mijn vader was bij me komen staan, samen met mijn moeder, nadat Caro ze was gaan halen. Hij probeerde de deur open te trekken, maar er zat geen beweging in. Toen voelde hij met zijn vinger aan de deur en keek mij indringend aan.

'Superattack,' siste hij.

Ik besefte dat de mobiel en de Gameboy voorlopig niet zouden worden vrijgegeven. Ko, mijn trouwe compagnon, was naast me komen staan. Hij begreep precies wat er door me heen ging. Hij had dat eenzame pad al afgelegd. Zou ik nu net als hij aan een paal worden vastgebonden?

'Trek een andere broek aan,' beval mijn vader. 'Je wordt vriendelijk bedankt. Nu blijven ze nog langer plakken!'

Bas en Teuntje

De dauwdruppels hingen nog aan de grasssprieten en de spinnenwebben. Bas en Teuntje stonden achter de schuur van de vakantieboerderij te wachten. Nu zou duidelijk worden of de lijm had gewerkt.

Teuntje keek op haar horloge. De wijzers gaven kwart voor zeven aan.

'Wat denk je?' fluisterde ze. 'Hoe lang gaat het duren voor die mensen wakker worden?'

Bas haalde zijn schouders op. 'Misschien gaat die crimineel met zijn grote neus zo dadelijk op zijn racefiets weg.' Hij wees op de fiets die aan de achterkant van de caravan hing. 'Wie weet gaat hij ermee over het oude smokkelpad de grens over.'

'Waarom?'

'In verband met de ontvoering. Dat hadden we toch al besproken.'

'Moet je luisteren.' Teuntje verslikte zich bijna. 'Als je mij nog één keer zo toespreekt, plak ik je vast met een tube Superattack.'

Bas' gezicht begon snel rood te kleuren. Het was hem opgevallen dat Teuntje de laatste tijd wel vaker kattig deed. Volgens zijn oudste broer moesten vrouwen onder de duim worden gehouden. Misschien moest hij daar wat Teuntje betrof even mee ophouden totdat hij het beter in de vingers had.

'Hoelang denk je dat ze in die caravan blijven plakken?'

Bas dacht even na. 'Jonkheer Dieter heeft de voordeur nooit meer open gekregen. Die moet nog steeds via de keukendeur het huis uit. Dat heeft mijn broer toch maar mooi geregeld.'

'Dus híj heeft dat op zijn geweten?' vroeg Teuntje.

'Vertel het nooit verder.'

In de caravan kwam intussen iets in beweging, want hij schudde licht heen en weer. Blijkbaar was er iemand wakker geworden.

'Zag je dat?' Bas wees naar de caravan.

Teuntje knikte.

Ze hoorden het gebons steeds luider worden.

'Het is goed dat de pastoor hier niet bij is,' mompelde Bas. 'Hoor je wat die criminelen allemaal zeggen? Kijk.' Bas stootte Teuntje aan. 'Daar heb je die bleekscheet met zijn zus.' Ze zagen Kees voor de caravan staan.

'Hij ziet nog bleker dan gisteren.'

De caravan ging steeds sneller heen en weer.

'Straks vallen ze met caravan en al om,' fluisterde Teuntje. 'Zie je dat? Er komen nog meer mensen kijken.' Ze wees naar de vader en moeder van Kees en Caro.

'Die krijgt de deur never nooit open,' bromde Bas. Ze zagen de vader van Kees aan de deur van de caravan trekken. Ondertussen had Teuntje in elk oor een vinger gestoken, vanwege het gegil van de Neus en de Danseres Zonder Naam.

'Het lijkt hier wel de varkensstal,' zuchtte ze toen het even stil werd.

De stilte duurde maar kort. De beide gevangenen moesten blijkbaar even naar adem happen. Daarna barste het gegil weer in volle hevigheid los.

'Verrek,' fluisterde Teuntje toen Kees vlak langs hen liep. 'Zag je dat ook?'

Bas knikte. Ze hadden allebei gezien dat op een van de kontzakken van Kees een tubetje Superattack kleefde.

'Shit,' kreunde Bas. 'De tube. Ik dacht dat jij die weggewerkt had?'

'Had ik ook.'

'Is te zien, ja.'

'We zijn er gloeiend bij,' fluisterde Teuntje. 'Laten we 'm snel smeren, voordat ze ontdekken dat wij erachter zaten.'

'Hoe zouden ze dat kunnen weten?'

'Ik weet het niet, maar stel je voor dat ze nu gaan zoeken. Dan kunnen we maar beter uit de buurt zijn.'

Ze maakten dat ze wegkwamen.

'Laten we gaan zwemmen,' stelde Teuntje voor. 'We kunnen vandaag maar beter overal uit de buurt blijven, vind je ook niet?'

Bas knikte.

Voorzichtig slopen ze weg, door het maïsveld naar de boerderij van Teuntje.

Vereende krachten

Kees

Ik stond met mijn rug tegen de muur. De hoofdregel is al vaak herhaald: VERTROUW NIEMAND.

Ik zou er iets aan willen toevoegen:

VERLIES NOOIT HET VERTROUWEN IN JEZELF

Want een detective zonder zelfvertrouwen is een detective die er maar beter mee kan stoppen.

Mijn oom en tante zaten nog steeds gevangen in de caravan. De Danseres Zonder Naam probeerde zich via de dakluifel naar buiten te wurmen, maar ze bleef steken. Mijn vader riep dat hij de Sleutelkoning zou bellen.

Kijk, en nou komt dan toch weer het verschil tussen een vakantieboerderij op het platteland en de grote stad naar voren. In de stad zijn vele Sleutelkoningen te vinden, omdat daar het aantal moeders zoals de mijne, die regelmatig zonder sleutel het huis verlaten, groot is.

Mijn vader probeerde diverse steden uit de Gouden Gids en vond uiteindelijk een sleutelboer op een uur rijden afstand.

'Vijftig euro voorrijkosten, meneer,' herhaalde mijn vader met een uitgestreken gezicht. 'En het eerste uur 110 euro. Daarna 99,99 euro per uur.'

Mijn vader rekende mij vriendelijk voor dat het met de afbetalingsregeling van mijn zakgeld wel even zou duren voordat ik dit had vergoed. Dat stond nog los van de hele vergoedingenkwestie die de Neus aan de orde zou brengen.

Mijn moeder probeerde ondertussen haar zuster ervan te overtuigen dat alles goed zou komen.

'Echt, het duurt nog maar eventjes,' hoorde ik haar zeggen.

Deze laatste opmerking had niet de juiste uitwerking op mijn oom. Ik zag hem vanuit het dakluik met een wit papier zwaaien alsof het een vredesvlag was. Waarschijnlijk had hij ook nog wat schadeformulieren als reserve in de caravan liggen.

Ik had mijn broek inmiddels omgeruild en op vriendelijk verzoek van mijn vader werd het woord 'Superattack' vermeden.

Ondertussen was ook de boerenjongen van Caro op het toneel verschenen, met een schroevendraaier. Ook hem viel iets op bij de deur. Hij probeerde hem open te pulken, maar kwam al snel naast mijn vader staan.

'Er heeft iemand lijm in de deur gespoten. Dat is hier in het verleden weleens vaker gebeurd,' vertelde hij met een licht blozend hoofd. 'Jonkheer Dieter heeft ook al een tijd de voordeur niet kunnen gebruiken.'

Ik keek naar mijn vader. Kennelijk was dit een gebruik op het boerenland.

De Neus begon zijn geduld te verliezen en trapte tegen de deur. De caravan wiebelde heen en weer. Met een laatste trap vermorzelde hij uiteindelijk de deur. Die hing verwrongen in de scharnieren. De Neus en de Danseres gingen als razenden tekeer. Ik hoorde woorden als fabrikant, criminelen, aansprakelijkheid en politie. Toen kwam ook nog de sleutelboer het terrein opgereden en kon mijn vader de voorrijkosten betalen.

Op dat moment klonken er twee fietsbellen.

'Joehoe,' hoorden we bekende stemmen gillen.

Bepakt en bezakt op hun fietsen zaten twee vriendinnen van mijn moeder van de yogaclub. Annetien en Geertje.

'Jullie waren in de buurt?' vroeg mijn vader, die met moeite boven de Neus en de Danseres uit kon komen.

'Wat een gezellig plekje,' gilden de twee dames uitgelaten. 'Je hebt geen woord overdreven,' riepen ze naar mijn moeder. 'Het is nog mooier dan je ons door de telefoon vertelde. Maar inderdaad wel een beetje afgelegen. Nog bedankt voor de routebeschrijving.'

Mijn moeder keek naar de grond.

Ik keek naar Ko. Ko, wilde ik hem zeggen, het vrouwtje staat aan onze kant. Wacht jij maar eens af. Volgend jaar ga je weer naar je vrienden van het hondenpension. Heus, we sturen een kaartje vanaf Hawaï.

'Kamperen jullie hier in de omgeving?' vroeg mijn vader wantrouwend.

'Je zult het niet geloven,' riepen ze, 'maar alles is vol. We vroegen ons af of we hier even kunnen blijven.' Ze wezen naar de tent op een van de fietsen.

Mijn moeder wees ze blij naar een plekje onder een boom.

'Het stikt er van de muggen,' probeerde mijn vader nog.

'We hebben maar één badkamer,' voegde Caro er haastig aan toe.

'Het lijkt hier wel een camping. Ik kom hier voor mijn rust,' mompelde mijn vader en hij wilde naar binnen lopen. Mijn oom, de Neus, versperde echter de deur.

'Wie heeft hier de boerderij gehuurd?' riep hij woedend.

Caro en ik wezen allebei tegelijk naar mijn vader.

Mijn oom knipte met zijn vingers naar de Danseres. Hij wapperde met zijn handen alsof hij een papier vasthield. De Danseres begreep de aanwijzing meteen. Ze haalde uit het dashboardkastje van de auto verschillende verzekeringspapieren.

'De eigenaar of gebruiker van het terrein is aansprakelijk voor de schade toegebracht aan de particuliere eigendommen van anderen tijdens aanwezigheid op dat terrein,' las hij trots voor.

'U bent toch zelf hier gekomen?' vroeg ik vriendelijk.

'Hoorde jij iets?' vroeg de Neus aan mijn vader. 'Ik dacht dat ik iets hoorde.'

Ik begreep steeds beter waarom mijn vader de Neus en de Danseres graag als verre familieleden wilde zien. Heel leuk van verre, maar verre van leuk. Het leek mij dan ook gepast om me bij mijn vader aan te sluiten in zijn strijd tegen de Neus en de Danseres.

Even later waren de twee vriendinnen van de yogaclub van mijn moeder druk bezig met het opzetten van de tent.

Mijn vader zat als een zielig hoopje mens in de beklaagdenbank aan de campingtafel. Mijn moeder bracht tevergeefs argumenten naar voren om aan te tonen dat mijn vader niets met het hele voorval te maken had.

De Danseres liet af en toe het woord 'risico' vallen en zei dat zij er ook niets aan kon doen. 'Regels zijn regels,' zei ze met een lachje.

Ik zocht Caro, maar die was de chaos inmiddels ontvlucht en zat rustig achter de schuur sms'jes te versturen. Even later sprong ze achterop de scooter van Geert, die snel wegreed.

Neem van mij aan: weet waar je aan begint als je ervoor kiest om detective te worden. Als detective sta je er altijd alleen voor. Zelfs als de zaak is opgelost en de gelukkige cliënten je ontroerd hebben omhelsd. Weet dan goed dat de detective altijd alleen in een koud huis thuiskomt!

Het was voor iedereen het beste dat er een einde kwam aan deze lange dag. De sfeer deed denken aan die van een ijsberg.

Mijn moeder kwam op het idee om de volgende dag met de auto naar de dichtstbijzijnde stad te gaan. Mijn vader was echt niet te genieten. Zijn gezicht klaarde zichtbaar op toen hij hoorde dat iedereen van het terrein zou vertrekken.

De Neus had zich nog even afgevraagd of het niet beter was als hij achter zou blijven. Er zou namelijk een monteur komen. Maar mijn vader en moeder wisten hem ervan te overtuigen met ons mee te gaan. Ik ging naar bed, blij dat ik de gespannen sfeer kon ontvluchten. Toen ik in bed lag, hoorde ik mijn vader aan mijn moeder vragen of zij nog meer mensen had uitgenodigd. Mijn moeder antwoordde ontkennend.

'Je bent er gloeiend bij,' mompelde ik in mezelf en viel daarna in slaap.

De volgende ochtend vertrokken we in twee auto's richting stad. Nou ja, stad. Iets wat ze daar op het platteland onder verstaan.

We bezochten een centrum voor oude ambachten. De Neus deed net alsof hij voor het eerst in zijn leven houten klompen zag.

Ik kan nog veel meer treurigs vertellen en ik kan het ook laten – ik denk dat ik dat laatste maar beter kan doen. Of moet ik het nog over de kinderboerderij hebben waar de Neus met mij naartoe wilde gaan? Ik dacht het niet.

Ik was blij toen we weer in de buitengebieden aankwamen en ik kan je ook vertellen dat ik later blij was weer in bed te liggen. Na een totaal mislukte barbecue.

Ik kon wel wat hulp gebruiken, dus het werd tijd om in overleg te treden met de vijand.

De volgende dag begaf ik mij op weg naar de boerderij van Teuntje. Wat een geluk dat ik door mijn ervaring zo op mijn hoede was. Ik zag nog net op tijd de motoretters, waardoor ik achter een boom kon wegduiken voordat zij mij hadden gezien.

Het platteland zit vol gevaren en ongedierte. Op het platteland loert de vijand overal. Wat denk je dat er allemaal niet op je gaat zitten en langs je vliegt als je daar achter een boom staat? Vliegende monsterinsecten die je alleen maar kent van plaatjes uit schoolboeken. Ik kon niks anders doen dan stokstijf blijven staan, want anders zou ik mijn schuilplek verraden. Gezien de gebeurtenissen van de laatste dagen leek het mij beter het ongeluk niet op te zoeken.

De leren jackies kwamen dichterbij. Ik kon de jongens bijna horen ademen.

'Dus we moeten weer naar die leegstaande boerderij van Dieter,' sprak een van hen.

'Hebben ze dat doorgegeven?'

'Jazeker, ze verwachten met een paar leveringen de zaak leeg te hebben.'

'Heb jij een beetje groene vingers?' vroeg de eerste lachend.

Ze startten hun motoren en reden weg.

Ik krabde op mijn hoofd. Ik begreep niet zo goed wat ik hiermee aan moest. Ik was nog maar net met mijn detectivebureau begonnen en het ene na het andere mysterie diende zich al aan. Ik besloot deze zaak even te laten rusten en er later op terug te komen.

Toen ik er zeker van was dat de leren jackies verdwenen waren, vervolgde ik mijn weg. Aan het einde van de landweg liep ik het erf van de boerderij op. Bij een openstaande schuurdeur zag ik de scooter van Geert staan. Ik keek naar binnen en zag hoe mijn zus tegen Geert aan stond. Ze had er geen gras over laten groeien. Ik zag haar zoenen met de boerenzoon terwijl ze met haar handen door zijn haar woelde.

Ik kuchte hard, waar ze van schrokken.

Ze kwamen naar buiten.

'Ben je aan het helpen om de stal schoon te maken?' vroeg ik zogenaamd nietsvermoedend. Ik wees Caro op de stukjes stro die in haar truitje prikten.

'Bemoei je met je eigen zaken, etterbakje. Kom,' ze trok aan Geerts armen, 'laten we gaan zwemmen. Ik heb geen zin in kleine jongetjes. Je hebt toch geen rondslingerende tubetjes lijm hier? Meneertje plakt er de hele boel mee dicht.'

'Jouw mond dichtplakken zou nog beter zijn,' riep ik haar toe. 'Daar komt toch alleen maar onzin uit en je blijft er ook mee aan elke jongen plakken.'

Dat laatste kon ze helaas niet meer verstaan want Geert had de scooter al gestart.

Toen ze het erf af waren gereden, liep ik naar de boerderij. Ik klopte op de openstaande keukendeur en riep Teuntjes naam, maar er reageerde niemand. Voorzichtig liep ik verder het huis in.

In de keuken stond een afwas van vele dagen opgestapeld en ook door de huiskamer zou weleens een schoonmaakploeg mogen gaan. Nadat ik nog een keer haar naam had geroepen, besloot ik huiswaarts te gaan. Maar hoe moest ik Teuntje nu bereiken?

Op tafel lag een dikke zwarte stift. Ik liep de trap op en probeerde een paar deuren. Bij de derde deur had ik geluk. Het bleek Teuntjes kamer te zijn.

Ik pakte een stuk papier en schreef:

HELP!!!!!!!!

KOM VANAVOND OM 6 UUR NAAR

DE SCHUUR!

Ik legde het duidelijk zichtbaar op haar bed en liep terug naar de vakantieboerderij.

Mijn vader zat wanhopig aan het kampeertafeltje met de Neus en de Danseres. De yogavriendinnen van mijn moeder oefenden een soort geestuitdrijvingsdans. Ondertussen hing mijn moeder wasgoed aan een lijn op de muziek van Julio Iglesias. Dat doet ze altijd als ze in de stress zit. Huishouden op de muziek van Julio. De familie Iglesias doet het supergoed bij ons thuis.

Ik besloot met een grote bocht om de caravan heen te lopen, maar mijn vader had me al opgemerkt. Uit zijn boze blik kon ik heel veel conclusies trekken. Het is eng, maar je zou me bijna een helderziende detective kunnen noemen.

1. Mijn zakgeld zal de komende tijd worden ingehouden.
2. Mijn mobiel blijft in verzekerde bewaring.
3. Mijn beltegoed zal worden gebruikt om de verzekering te bellen.
4. Mijn Gameboy is voorlopig ook niet vrij te gebruiken.
5. Internet is gedurende de hele vakantie verboden terrein.

Stel je voor: een detective die afgesloten is van de wereld en bovendien platzak is. Hoe kon mijn bureau op deze manier functioneren?

Nee, het leven van een detective valt niet mee.

Kees

Met mijn partner Ko zat ik op de vliering van de schuur te wachten op Teuntje en Bas. Ik hoopte dat ze de brief hadden ontdekt.

Ko en ik keken elkaar diep in de ogen. Moet ik de hel beschrijven waar wij doorheen waren gegaan nadat ik mijn hulproep had gedeponeerd op het kussen van Teuntje?

Mijn gevoelens laten zich het beste omschrijven als 'Alleen op de wereld': de kleine Remy samen met zijn hondje tegen de boze, vijandige wereld.

Ik heb het al vaak gezegd, op zo'n moment merk je pas hoe alleen en op zichzelf een detective ervoor kan staan.

Nadat we terug waren gekeerd op het terrein van de verschillende misdrijven, werden Ko en ik voor mijn gevoel met de nek aangekeken. Mijn vader spande daarbij de kroon. Alsof wij verantwoordelijk waren voor alle gebeurtenissen van de afgelopen dagen. Alsof wij ervoor gezorgd hadden dat de vakantieboerderij uit begon te groeien tot een camping. De Neus, de Danseres Zonder Naam en de walrussen, zoals mijn vader de twee vriendinnen van mijn moeder altijd noemde, hadden zich hier allemaal tijdelijk gevestigd.

Terwijl ik bij de boerderij van de vijand was, waren oom Eef, de broer van mijn moeder, en zijn vriend Cneut, de kapper en make-upartiest, ook nog gearriveerd. Ze kondigden aan dat ze een paar dagen zouden blijven. Tenzij ze een of andere musicalprijs van Intra-reizen zouden winnen met een feestelijke première in New York.

Ik zag dat mijn vader een schietgebedje deed.

'Je zegt niks,' siste mijn moeder.

Mijn vader hield zijn lippen op elkaar geklemd.

Ik probeerde nog lollig te zijn om de sfeer te verbeteren. 'Nou kunnen we ons allemaal hier door Cneut laten knippen.'

Er viel een doodse stilte.

Ik begreep dat het tijd werd om me met mijn partner terug te trekken. Ik hoorde mijn oom Eef nog net zeggen dat ze hun tentje bij zich hadden.

'Gezellig, hè? We hebben allemaal gezelschapsspelletjes meegebracht.'

'Met Eef en Cneut altijd leut,' zei mijn vader nog, gevolgd door een keihard 'au'. Waarschijnlijk had mijn moeder hem een trap tegen zijn scheenbeen gegeven.

Mijn partner en ik trokken ons tijdelijk terug op de vliering van de schuur. We besloten daar op Teuntje en Bas te wachten, en op het wegtrekken van de vijandelijke bewolking, die precies boven de vakantieboerderij was gaan hangen, als een lagedrukgebied.

Bas en Teuntje

'Boodschap 4 jouw ogen only,' las Bas. Een nieuw bericht.

Hij had de hele dag met Teuntje gezwommen en was daarna naar huis gefietst. Hij had nog even ruzie gehad met zijn broer, die gehoord had over de Superattack op de caravan.

'Hoe haal je het in je hoofd om in mijn bureaulade te snuffelen en die lijm te jatten,' schreeuwde zijn broer.

Bas mompelde iets over blaadjes met blote vrouwen. Zijn broer had boos de kamerdeur dichtgeslagen.

Bas was op zijn kamer. Hij lag languit op zijn bed.

'Geheim Agent 001 meldt zich,' sms'te hij naar Teuntje.

'Hier meldt zich Agent 002,' kreeg hij terug. 'Alarmfase X. Kom naar Ground Zero.'

'Waar is dat?' berichtte hij.

'De schuur!'

'Waarom?'

'Een noodkreet van de bleekscheet.'

'Wanneer?'

'Nu.'

'Geheim Agent 001 komt eraan,' sms'te hij snel terug.

Bas keek op zijn horloge. Hij pakte zijn mountainbike en

fietste snel naar de vakantieboerderij. Het zonlicht dat op de kassen rondom de orangerie van jonkheer Dieter weerkaatste, verblindde hem. Hij kon nog net op tijd uitwijken voor een wit bestelbusje. Het reed met gierende banden naar de kasteelruïne die ooit aan de jonkheer had toebehoord. Tijdens de Tweede Wereldoorlog was het, door een neergestorte Engelse Spitfire, helemaal afgefikt en nooit meer herbouwd. De broer van Bas had er lange tijd met zijn vrienden een geheime hut in gehad, maar ze waren er door de jonkheer uit gejaagd. Uit wraak had zijn broer toen de voordeur van de orangerie van de jonkheer dichtgespoten met Superattack.

De wagen hield nog even stil en de bestuurder deed zijn raampje open. Hij begon meteen te schelden.

Bas zag dat het een van de leren jackies was. Hij reed snel door, want ruzie met die etterbakken was wel het laatste waarop hij zat te wachten.

Hij sloeg de Lindenweg in en sneed via het zandpad de weg af naar de Beukenlaan. Voor de zekerheid stopte hij nog even bij de boerderij van Teuntje. Hij riep haar naam door de openstaande keukendeur, maar er kwam geen antwoord. Snel fietste hij naar de vakantieboerderij.

Toen hij daar aankwam, merkte hij dat het er een stuk drukker was geworden sinds Teuntje en hij zo haastig waren weggelopen. Er stonden nu een paar tenten en hij zag de man met de neus en zijn vrouw met een chagrijnig gezicht voor hun caravan zitten. De deuropening was bedekt met een stuk oranje bouwzeil.

Hij zette zijn fiets achter de schuur. Daar stond Teuntje hem al op te wachten. Ze hield een stuk papier omhoog waar met een zwarte stift iets op stond geschreven.

Kees, Ko, Bas en Teuntje

'Hallo,' klonken de stemmen van Teuntje en Bas tegelijk, voor mijn gevoel uren later. 'Waar ben je?'

'Boven,' riep ik. Samen met Ko stak ik mijn hoofd over de rand van de vliering.

'Waarom zit je daarboven?'

'Ik ben gevlucht.'

'Moeten we de politie bellen?' vroeg Teuntje.

Het moet niet gekker worden, dacht ik bij mezelf. Eerst krijgen we alle schadeafdelingen van de verzekeringsmaatschappij van de Neus op ons dak en dan ook nog de politie erbij.

'Ik zou niet weten waarom.'

'Je hebt toch zelf onze hulp ingeroepen, omdat je met je zus ontvoerd bent. Weet je niet meer dat je ons verteld hebt dat jullie hier tegen jullie zin worden vastgehouden?'

Ik keek de twee verbijsterd aan. 'Ontvoerd?'

'Ja,' knikte Bas. 'Door die man met die neus en de vrouw die heel verdacht loopt.'

'Ho,' riep ik. Opeens werd de kloof platteland – grote stad pijnlijk zichtbaar.

'Ik denk dat er sprake is van een misverstand.' Ik legde uit hoe we in plaats van op Hawaï hier terecht waren gekomen en dat de Neus en de Danseres mijn oom en tante waren. Even later rolden we gierend van het lachen over de grond.

'Zullen we het dossier "Ko de caravanbeuker en de Superattack" maar sluiten?' stelde ik voor.

We besloten de zaak in de doofpot te stoppen.

'Maar wat doen we dan met de geheime dienst en het detectivebureau?' vroeg Teuntje.

'Laten we samen verdergaan met het detectivebureau Kees & Ko,' stelde ik voor.

'Moeten *onze* namen daar dan niet in voorkomen?'

Ik schudde mijn hoofd. 'Kees & Ko klinkt goed en bovendien betekent Ko "alle anderen".'

Stedelingen zijn gewoon sneller met denken, bedacht ik tevreden.

We besloten de volgende dag weer op de vliering af te spreken. Ik sprak Teuntje nog even alleen voordat ze wegliep.

'Je vindt me toch niet echt een bleekscheet?'

'Welnee, je hebt al een echt plattelandskleurtje.'

Voor het slapengaan bekeek ik mezelf in de spiegel. Ik zag dat ik inderdaad een gezonde kleur had gekregen. Toch gek dat de plattelandslucht een mens zo positief kan beïnvloeden.

EPISODE 2

We hebben een zaak

Met trots, en ik kan wel zeggen met vreugde, kan ik meedelen dat we een echte zaak op het spoor zijn gekomen. We gaan zo dadelijk naar de plaats van het misdrijf. Het platteland is als een ontdekkingsreis. Je denkt eerst aan de snelweg door Noord-Frankrijk, waar je het liefst met een rotvaart overheen rijdt, maar dan blijkt er onder de oppervlakte nog van alles gaande te zijn. Voor je het weet zit je achter een deur die met Superattack is volgespoten. Er kunnen verschillende personen over meepraten en de plaatselijke aannemer houdt er een dik belegde boterham aan over. En dan heb ik het nog niet eens over het feit dat ze ook weleens een vuurtje onder je auto willen aansteken. En toen de vorige pastoor de ochtend na zijn afscheid in de auto wilde stappen, bleek dat die was volgestort met beton. Het platteland heeft zo zijn eigen regels en daar moet je je aan houden.

We hadden een zaak die we zouden gaan oplossen. Maar laat me je even bijpraten over de afgelopen dagen hier in ons plattelandsvakantieparadijs.

Het zit er bijna op. Sommige dingen gaan langzaam op het platteland, maar de tijd vliegt hier echt voorbij. Nog even en we gaan weer naar huis. Lekker naar het asfalt. Ik ruik het al. Als ik een kat was, liep ik zonder kaart zo terug. Ik ben een man van het asfalt. Want zal ik het nog een keer zeggen? Het platteland stinkt en zit vol ongedierte.

Ik zal mijn nieuwe vakantievrienden missen. Ach, aan alles komt een eind, toch? Maar ik loop op de dingen vooruit. Laat me even vertellen wat er allemaal aan de ontknoping van de zaak is voorafgegaan, hoe het verder ging en hoe alles nog erger uit de hand liep.

Nadat Teuntje en Bas de schuur hadden verlaten op de avond dat wij hadden besloten samen te werken, was ik in slaap gevallen. De volgende ochtend bekeek ik het slagveld buiten.

Annetien en Geertje hadden de appelboomgaard in een soort van yogacentrum veranderd. De Neus en de Danseres stonden met hun tandenborstel in de aanslag voor de onttakelde caravan. Caro zat buiten op een stoel, terwijl Cneut met een föhn op batterijen bezig was haar een metamorfose te geven. Mijn moeder deed het huishouden op de deuntjes van Julio. Mijn vader had zich opgesloten in het zijkamertje.

En ik? De detective in mij concludeerde vrolijk dat een vakantie naar Hawaï er steeds meer zat aan te komen.

In een soort ploegendienst zaten we die morgen aan de ontbijttafel.

'We kunnen als we zo doorgaan meedoen met de zomerfeesten,' sprak ik monter. Teuntje had me verteld dat die binnenkort zouden plaatsvinden. 'We hebben al bijna een team voor het touwtrekken bij elkaar.'

Mijn vader keek me met een dodelijke blik aan.

Ik gooide er nog een schepje bovenop. 'Of misschien wel met tractorpulling.'

Ik wist toen nog niet precies wat dat inhield en ik dacht dat het een soort touwtrekken met een tractor was. Maar tijdens de zomerfeesten zou het me allemaal een stuk duidelijker worden.

Mijn vader keek me nu moordzuchtig aan. Alsof ik het kon helpen.

Maar deze detective voelde zich heel goed vandaag, soort van onoverwinnelijk.

'Een gelukkig mens zoekt het centrum in zichzelf,' had ik Annetien weleens horen zeggen.

Verrek, dacht ik nu. Dat is precies wat ik doe, ik zoek gewoon het centrum op.

Het terrein was gevuld. Mijn ouders hadden een crisis, Caro zoende nog steeds met Geert, Ko zat weer vast aan de lijn en volgens mij dacht de Neus dat ik iets met het dichtplakken van de caravan te maken had. Dat kwam doordat Caro ze, geloof ik, iets had verteld over het incident met de gymschoenen van de Spiermassa.

Maar toch kon niets mij uit mijn stralende humeur brengen. Alles liep lekker uit de hand en deze vakantieboerderij was geen blijvertje.

Daarom kon ik ook zo ontspannen twee dagen met mijn vakantievrienden doorbrengen aan de rivier. Met een paar binnenbanden van een auto weten ze de leukste activiteiten te ontwikkelen hier op het platteland. Het is eigenlijk een soort ontwikkelingsland, bedacht ik toen ik tevreden op zo'n band rondpeddelde. Misschien kan ik mijn oude speelgoed aan het platteland schenken. Wie weet kan ik daar nog iemand blij mee maken.

Maar waar was ik ook alweer gebleven? O ja, we hadden een zaak.

Na twee dagen van ontspanning verliet ik vroeg in de ochtend de boerderij. Voordat ik wegging, boetseerde ik geduldig en toegewijd kleine puntjes in mijn haar met de wax die ik uit de toilettas van Caro had gestolen. Toch gek overigens. Dit was iets wat ik tot dan toe nog nooit had gedaan.

Ik besloot de boel de boel te laten en met de fiets en Ko naar Het Gouden Hoofd te rijden. We hadden niet echt iets afgesproken, maar ik wist zeker dat ik Teuntje en Bas daar zou treffen.

Op weg daarnaartoe reed een wagen met luidsprekers me tegemoet. Een luide stem maakte reclame voor de braderie en de zomerfeesten. Ik had van Teuntje al begrepen dat de festiviteiten aanvingen met een optocht langs het bordes van de orangerie. Het plattelandsvrouwenkoor zou een lied zingen voor de jonkheer, de notaris, de burgermeester, de aannemer (grootleverancier van deuren) en nog wat leden van de kegelclub en Oranjevereniging.

'Als de jonkheer kan blijven staan,' had Teuntje gegrapt.

Bas had een drinkende beweging gemaakt. 'Normaliter is Dieter zo lam als een gieter,' grapte hij.

Aan de lantaarnpalen waren borden bevestigd die het feest aankondigden.

'Komt er ook een houseparty?' had ik zo tussen neus en lippen door gevraagd.

Bas had tegen zijn voorhoofd getikt. In de muziektent op het plein zou een boerenkapel zijn en er was de mogelijkheid om mee te doen aan een karaokeshow.

Toen ik de afslag wilde nemen naar Het Gouden Hoofd, zag ik nog net vanuit mijn linkerooghoek dat een wit bestelbusje vaart minderde. Twee leren jackies die op de hoek stonden te wachten, stapten snel in. Ze keken schichtig om zich heen. Mijn detectivehart begon meteen te bonzen.

Zelfs de vele oefeningen met Ko begonnen hun vruchten af te werpen. Ko ontblootte zijn scherpe tandjes en begon vals te grommen.

Wat een geluk dat we net nu hier waren. Bij een detective draait het maar om drie dingen: als de juiste persoon op het juiste moment op de juiste plaats aanwezig zijn.

Hoe komt het toch dat wij detectives altijd zo dicht in de buurt van het toeval zijn? Dat kan toch niet toevallig zijn. Ik heb al eerder op de hoofdregel gewezen die elke detective zo uit zijn mouw kan schudden: TOEVAL BESTAAT NIET. Onthoud dat maar. Een detective heeft een zesde zintuig. Dat valt niet te leren, daar word je mee geboren.

Opeens moest ik weer denken aan het incident bij de boom, toen ik belaagd werd door monsterinsecten. Ik herinnerde me dat de jackies spraken over een verlaten boerderij die zich ergens op het landgoed van de jonkheer moest bevinden. Er zou ook iets opgehaald worden, schoot me te binnen.

Ik was helemaal opgewonden toen ik bij Het Gouden Hoofd aankwam. Ik bevrijdde Ko uit het mandje dat aan het stuur was bevestigd en zette de fiets tegen het groene spijltjeshek met de witte punten. Ik rinkelde met de bel, want ik had Teun en

Bas al zien zitten aan een van de tafeltjes op de houten veranda.

Ze staken elk een arm omhoog.

'We hebben een zaak,' fluisterde ik toen ik bij hen zat. Ik boog me voorover. 'Het speelt zich allemaal af in een verlaten boerderij.'

Teuntje keek naar Bas. 'We hadden net gedacht voorlopig niks met spionage en detectivewerk en zo te doen. We willen bij de zandafgraving gaan zwemmen.'

'Ja,' beaamde Bas. 'We laten ons zo van de zandheuvel in het water rollen.'

'Die boerderij is er morgen ook nog en de leren jackies wonen twee dorpen verderop,' sprak Teuntje beslist.

Kijk, daar kwam weer een verschilletje tussen de grote stad en het platteland naar voren. Op het platteland heeft iedereen overal tijd voor.

'Nou', vroeg Bas, 'ga je mee door het zand het water in rollen of...?'

Teuntje voelde aan mijn haar. 'Of,' zei ze lachend, 'ben je bang dat je "vette" kapsel in de war gaat?'

Ik stond opeens met mijn mond vol tanden, en dat is toch wel heel bijzonder te noemen. Zou dat de invloed van het platteland zijn?

Ik voelde me warm worden. Zou ze het doorhebben? Gelukkig waren zij als detectives nog onervaren, dus ik hoopte dat ze niks hadden gemerkt. Of zag ik het goed en gaf Teuntje mij een knipoog?

De situatie was bijzonder verwarrend. Voor het rood kleuren van mijn gezicht had ik ook geen excuus klaarliggen. Eigenlijk kwam het me wel goed uit dat mijn vrienden uit de stad hier niet bij waren. Mijn vrienden zijn nogal oplettend en snel, moet je weten. Je wilt toch niet afgaan tegenover de mensen voor wie je een reputatie hoog te houden hebt.

Ik besloot ze hun zin te geven en mee te gaan naar de zandafgraving. Mijn trouwe partner Ko had zijn tong uit zijn bek hangen. Die was dus ook wel te porren voor een verzetje. Vastgebonden aan een paal je tijd moeten doorbrengen is ook geen vooruitzicht waar je hart sneller van gaat kloppen.

Het voltallige detectivebureau zou op een soort schoolreis gaan. Kees & Ko detectivebureau zou vandaag wegens omstandigheden gesloten zijn.

Rondom de muziektent begon het feestterrein steeds vastere vormen aan te nemen. Op de weg naar de kasteelruïne was een spandoek aan twee bomen bevestigd. *Midzomernachtsdroom* van Shakespeare zou in de ruïne worden opgevoerd ter afsluiting van de zomerfeesten.

'Hebben jullie dat elk jaar?' vroeg ik belangstellend.

'Ja,' knikte Bas. 'Het halve dorp speelt mee en de andere helft verzorgt de kleding, de decors, de verlichting en het geluid.' Ik wist niet of ik dat als reclame moest opvatten.

'Hoe lang duurt zo'n stuk eigenlijk?' was mijn volgende vraag. Ik moest opeens denken aan iets Shakespeare-achtigs waarin mijn moeder met haar amateurclubje had meegespeeld. Ik was het volkomen met mijn vader eens dat de goeie man een beetje lang van stof was.

'Bijna drie uur,' was het antwoord op mijn vraag.

'Misschien kun je meehelpen,' stelde Teuntje vrolijk voor.

Ik moest slikken. Het platteland kan je zo ontzettend opzuigen. Voor je het weet zit je er tot je nek in, als een modderig pad waarin je laarzen door de blubber worden vastgezogen.

'Misschien dat we er dan niet meer zijn,' mompelde ik om een beetje tijd te winnen.

Sinds de samensmelting van de twee bureaus leek het alsof ik steeds minder de regie in handen had. Was ik voorheen, samen met mijn stille vennoot, de enige met initiatief geweest; nu had ik opeens twee spionnen met ervaring om me heen, die ook nog over een eigen wil bleken te beschikken. Dit was voor mij een nieuwe situatie, want ook in de asfaltjungle had ik toch meestal het laatste woord.

'Onzin,' zei Bas, die tegenover me stond. 'Je bent er zogenaamd niet met de uitvoering omdat je het niet durft.'

'Hé!' Ik herwon mezelf. 'Zeg nooit tegen "De Kees", de koning van de *ramp* en de asfaltjungle, dat hij iets niet durft. Alsof ik niet in zo'n toneelstukje zou durven spelen. Op school hebben we elke maand een uitvoering in de speelzaal,' loog ik erop los, 'maar ik speel liever mee in een musical, dat is wat moderner, weet je. Gewoon lekker rappen, dat soort dingen. In de stad zijn ze een beetje klaar met die toneelstukken. We doen alles op muziek, dat is net even wat hipper. Heus, dat krijgen jullie hier ook over een paar jaar.'

Ik was blij met mezelf. Ik had me meteen weer uit dit toneelstuk weten te schrijven.

'Nou, dan val je met je neus in de boter,' zei Teuntje lachend, 'want ze hebben het stuk op muziek gezet en ze zoeken nog een paar dansers.'

Kijk, als detective weet je bij een achtervolging precies wanneer je fout zit. Namelijk wanneer je een steeg in rent die doodloopt. Zo'n steeg die eindigt bij een hoge, blinde bakstenen muur waar je never nooit overheen kunt klimmen.

Ik was er ingetrapt en ik kon geen kant meer op. Klem, zoals je dat noemt. Het had nu even geen zin om te praten over een voetbalknie, zwakke enkels, astma, migraine, eczeem of een vergroeiing in de rug. Kortom, het hele riedeltje dat ik bij de gymbeul in het verleden bij elkaar had gelogen.

'Maar,' sputterde ik nog tegen, 'het is toch meer iets van het dorp. Echt, ik zou niet iemand anders in de weg willen staan. Heus, heel fijn dat jullie aan mij denken, maar ik neem het niemand kwalijk als jullie liever iemand anders nemen.'

Teuntje zwaaide naar een fietser die aan de overkant reed. De man stopte, stelde zich voor als Willem en hij bleek de regisseur te zijn.

Ik stond zowel privé als in mijn functie van detective met mijn rug tegen de muur. Voordat ik het wist, was ik als achtergronddanser aangenomen in het drie uur durende *Shakespeare, the Musical.*

'Tot vanavond,' riep de regisseur naar ons toen hij zijn been over de stang van zijn fiets wierp en slingerend wegreed.

'Leuk dat je er nu helemaal bij hoort.' Bas mepte hard op mijn linkerschouder.

Ik was sprakeloos. Mijn mond hing open als die van een vis op het droge. Superdetective Kees van het bureau Kees & Ko, waar meerdere zaken zich in de doofpot bevonden, was even met stomheid geslagen. Gelukkig dat die boerderij maar voor een paar weken gehuurd was. Stel je voor dat je hier zou moeten overwinteren!

Ik zette deze gedachte meteen uit mijn hoofd. Geen van de

maten thuis zou ooit van mijn musicalervaringen vernemen, zoveel was zeker.

'Waar is die repetitie eigenlijk?' vroeg ik.

'In de ruïne,' antwoordde Teuntje.

Ik staarde in de verte. Als detective voelde ik iets kriebelen en je moet krabben waar het jeukt.

'Oké,' zei ik, 'onder één voorwaarde.'

'Wat bedoel je?' Teuntje plukte aan haar broek.

'Ik doe mee onder één voorwaarde.'

'En die is... ?' Bas ging voor mijn fiets staan.

'Dat het bureau Kees & Ko na de repetitie op onderzoek uitgaat in de boerderij.'

'Kunnen we dat nou niet laten rusten?' vroeg Bas.

'Een detective heeft nooit rust,' zei ik langzaam. 'Sommige mensen moet je blijkbaar alles twee keer vertellen.'

Bas liep een beetje rood aan. Ik zag dat hij in zijn vuisten kneep. Opeens zag ik een van de vuisten dichterbij komen.

'Niet doen,' gilde Teuntje. Ze sprong tussen ons in, maar dook te laat naar beneden. Net niet op tijd om de vuist van Bas te ontwijken. Ze bleef even op de grond liggen. We stonden er een beetje ongemakkelijk bij.

'Over het paard getilde eikel met je broek op half zeven! Kijk nou wat je hebt gedaan,' schreeuwde Bas toen.

'Nou zul je het hebben,' brulde ik terug. 'Wie begint er hier eigenlijk te meppen?'

Bas wilde mij aanvallen, maar toen hoorden we Teuntje huilen. Ze zat met haar hoofd tussen haar knieën. Bas en ik keken elkaar stuntelig aan. Ik ging naast Teuntje zitten en sloeg mijn arm om haar heen. Opeens wilde ik haar beschermen, maar tegen wie eigenlijk? Ik veegde met de mouw van mijn shirt haar tranen weg

'Au', riep ze. Ze wees naar haar oog.

'Doet het erg pijn?' vroeg Bas. Hij was inmiddels ook naast haar komen zitten en aaide over haar hoofd.

Ik wilde gillen: 'Blijf van haar af, ze is van mij!' Ik was nog nooit van mijn leven zo in de war geweest. Maar ik wilde mijn hoofd erbij houden. Een detective moet zich niet door vrouwen laten afleiden. Vergeet niet dat in de meeste misdrijven een geliefde of ex-geliefde een hoofdrol speelt. Een detective gaat altijd alleen naar huis. Hij weet gewoon te veel.

'Dat wordt een blauw oog.' Bas stond voorovergebogen en bestudeerde het dichte oog van Teuntje.

'Komen er in dat stuk van jullie misschien piraten voor?' vroeg ik belangstellend.

'Hoezo?' vroeg Bas.

'Als ze een ooglapje voordoet, hoeft niemand het oog te zien bij de uitvoering.'

'Ik geloof niet dat er een piraat in voorkomt,' sprak Teuntje aarzelend. 'Bovendien zit ik in een boomstronk, dus er is niemand die iets ziet. De regisseur heeft de eeuwig zingende bossen erin geschreven. Zo heten de bossen hier.'

Ik hapte naar adem. 'Is het de bedoeling dat ik een dansende boomstam ga spelen?'

Bas knikte. 'Een dansende boomstam die kan zingen,' voegde hij eraan toe.

Ik slikte. Waar was ik in verzeild geraakt?

Teuntje was weer gaan staan. 'Ik geloof dat ik naar huis toe wil. Dan kan ik er een natte lap op doen. Misschien dat het dan wat minder blauw wordt.'

Bas en ik durfden elkaar niet aan te kijken. Toen we haar thuis hadden afgezet, bleven we nog even bij het hek staan.

'Weet je dat haar moeder gestorven is?' vroeg Bas. 'Haar vader en moeder hadden elke dag ruzie en toen is ze op een dag boos weggereden. Er kwam een auto aan die ze niet meer kon ontwijken. Toen was het te laat.'

Ik wendde mijn blik af, want ik wilde niet laten merken dat mijn ogen prikten. Hé, mag een detective ook gevoel hebben?

Meteen begreep ik ook waarom het zo'n rommel was in de boerderij van Teuntje. De boerderij miste een moederhand die op de klanken van Julio Iglesias de binnenboel deed. Ik had het als detective dus toch weer goed opgemerkt. Een detective heeft maar een kleine aanwijzing nodig.

We namen afscheid. Ik draaide me om en zwaaide.

'Tot vanavond,' riep ik nog. 'Bij de repetitie.'

Kees en de musical deel 1

Bij de boerderij kwam rook uit de tuin. Ik zag dat de Neus met de barbecue in de weer was. Hij werd daarbij geholpen door mijn vader, die met een chagrijnige kop met de krant stond te wapperen.

Arme pa, dacht ik, als slaaf in dienst van de Neus. Kan het nog erger?

Toen ik met Ko aan de lijn het terrein over liep, werd mijn aandacht getrokken door de twee vriendinnen van mijn moeder. Wonderlijk hoe snel het brein van een detective kan werken. De twee vriendinnen van mijn moeder kwamen via mijn ogen mijn hersenen binnen. Ze kwamen er via een gedachte, een briljante gedachte mag ik wel zeggen, weer uit. Eenvoudig maar subliem, kortom: een gedachte van een vakdetective kan ik wel zeggen. Zo worden de geiten van de bokken gescheiden.

Ik zag Annetien en Geertje, ik dacht aan de vader van Teuntje. Twee vrouwen en een boer. Twee losse vrouwen en een boer.

Mocht ik ooit een ander beroep gaan zoeken dan wist ik nu al de richting.

Kees & Ko, datingbureau

Zou ik het ze meteen gaan vertellen? Het leek me gezien de blik van mijn vader, terwijl hij onder leiding van de Neus stond te wapperen, beter dit onderwerp even te laten rusten. Het leek me sowieso beter mijn vader met rust te laten. Als ik tenminste op korte termijn nog mijn mobieltje terug wilde krijgen.

'Hoe laat gaan we eten?' vroeg ik terloops.

'Heb je een belangrijke afspraak?' Caro was naast me komen staan. 'Je hoeft heus niet te blozen hoor,' vervolgde ze. 'Alle kleine jongetjes hebben hun eigen kalverliefde.'

Ik wilde haar voor ik-weet-niet-wat uitmaken, maar het platteland had me in de korte tijd dat ik hier verbleef op een vreemde wijze beïnvloed.

'Hij is verliefd,' gilde Caro. 'Hij is verliefd!'

Maar opeens was ik weer terug. 'Moet je luisteren, afgelikte boterham. Toevallig ben ik gevraagd voor een heel belangrijke rol in *Shakespeare, the Musical.*'

Mijn zus draaide zich om. Het woord musical had een magische uitwerking op haar. Ik had haar al vaak betrapt terwijl ze voor de spiegel stond te playbacken. Het drama toen ze door mijn vader voor de ingang van een auditie bij *Idols* weer naar huis was gesleept, had nog diepe sporen bij haar achtergelaten. 'Jullie staan mijn carrière in de weg,' had ze huilend op haar bed uitgegild.

'Hoe kom jij in dat stuk?' stotterde ze opgewonden.

'Talent?' antwoordde ik vragend. 'Ze zoeken nog een paar danseressen voor op de achtergrond. Misschien is dat iets voor jou? Wie weet kan tante Annemarie je een paar pasjes leren, want er is heel veel concurrentie. Zij weet precies hoe het is om op de achtergrond te dansen.'

Op dat moment kwam de Danseres Zonder Naam aangewandeld. Met kleine balletpasjes kwam ze bij ons staan. Als ze 'tok tok' had gezegd, had ik dat heel normaal gevonden. De korte bewegingen van haar hoofd deden me opeens aan die van een kip denken.

'Ik meende mijn naam te horen. Is er soms iets?' zei ze.

Caro greep haar kans. 'Kees gaat balletdansen bij *Shakespeare, the Musical.* Hij wil graag wat advies en lessen van u, maar hij durft het zelf niet te vragen.'

'Dus jij,' lispelde de Danseres, 'gaat in mijn voetsporen treden. Het dansen zit ook bij jou in het bloed.'

'Mijn neus,' wilde ik antwoorden, maar mijn vader had oom Henk al eens per ongeluk bij zijn bijnaam genoemd. Ik wilde de zaak op dat moment niet erger maken dan hij al was.

'Misschien kan ik de musical van advies voorzien, ik ben tenslotte een beroeps,' riep ze blij. 'Wellicht kunnen we dan toch nog even blijven. Ik ga het meteen tegen je vader zeggen.' Ze kneep me in mijn wang en trippelde elegant weg.

'Briljant,' riep ik naar Caro. 'Vertel jij pa even dat dit niet mijn, maar jouw idee is? Op de een of andere manier is hier het misverstand ontstaan dat ik er de enige oorzaak van ben dat iedereen hier blijft... ' Ik wilde het woord 'plakken' gebruiken, maar ik bedacht me nog net op tijd.

Ik ging tegen een boom aan zitten. Zelfmedelijden was misschien nog zwak uitgedrukt. Het langdurige gemis van mijn mobieltje begon me op te breken. Ik zou moeten gaan folderen na de vakantie. Misschien dat ik dan een prepaid kon kopen van een heel goedkoop merk. Zonder camera, *bluetooth* en mp3-speler. De gedachte alleen al gaf me het maagzuur.

Hoe vaak had ik het al niet met mijn maten gehad over de grote rijkdom die later op ons zou neerdalen. Maar dan begin je met zo'n shitterig rottelefoontje. Alsof het eventuele succes nu al in de kiem wordt gesmoord. Dit platteland had een heel slechte invloed op mijn toekomstplannen.

Ik werd gestoord door mijn ooms Eef en Cneut.

'Wat hebben we nu gehoord? Is er een musical in dit dorp? Hoe kan het dat we dít niet weten? We hebben bijna alle musicals gezien.'

'Twee keer zelfs,' voegde Cneut toe.

'En jij speelt ook nog mee. Het zit in de familie!' riep Eef.

'Ik voel mijn vingers jeuken,' sprak Cneut. 'Misschien kan ik helpen met de kapsels en de make-up. Ik dacht, ik ga gewoon mee vanavond. Wat zal de regisseur blij zijn. Eef, wat zei ik toen we hoorden van de musical? We blijven! We gaan niet eerder weg voordat we onze neef in *Shakespeare, the Musical* hebben zien optreden. Onze neef de ster in een musical, wie had dat nou kunnen denken? We gaan meteen je moeder en vader vertellen dat we blijven.'

Die zullen er blij mee zijn, dacht ik wanhopig toen ik weer bij de boom in elkaar zakte. Voor de Hawaï-vakantie kon het niet beter gaan, maar voor mijn mobieltje was dit heel slecht nieuws. Ik wist zeker dat mijn vader niet zou staan te juichen. Maar hij zou toch moeten weten dat het aan mijn moeder lag dat dit terrein volgestroomd was met vrienden en familieleden. Daar hoefde je echt geen detective voor te zijn.

Ko was inmiddels naast mij komen zitten. Ik keek hem diep in zijn ogen. Het leek alsof hij mij begreep. Waren we niet allebei min of meer aangelijnd? Het elastiek om zijn nek stond strakgespannen.

'Ko,' fluisterde ik, 'de baas gaat alles oplossen. Maar de baas heeft het ook niet altijd makkelijk . Ik zal het nog even voor je samenvatten:

1. Ik ga optreden als dansende en zingende boomstam in het achtergrondkoor van de eeuwig zingende bossen in *Shakespeare, the Musical.*
2. Ik heb ervoor gezorgd dat Teuntje een blauw oog heeft.
3. De werkzaamheden van het detectivebureau komen maar niet van de grond.
4. Op de een of andere manier lijkt het alsof iedereen hier door mijn schuld blijft hangen.
5. Waarom voelt de baas zich zo warm worden als hij in de buurt van Teuntje is?
6. De baas blijft door alle omstandigheden ver verwijderd van normale dingen als de mobiele telefonie en internet.'

Ko bleef mij aanstaren.

'Het is me wat, Ko,' zei ik. 'Het is me wat.'

Als ik antwoord wist op alle vragen dan waren we geen detectivebureau. Dan waren we:

Kees & Ko, adviesbureau

Mijn vader zat verslagen op een krukje te draaien aan de stokjes op de barbecue. Ko en ik voegden ons bij de anderen. Terwijl we met de bordjes op schoot de aangebrande vleesstokjes met pindasaus en aardappelsalade opaten, sprong de Danseres ineens op. Even later keerde ze terug met een stapel boeken. Ze legde ze op mijn hoofd.

'Het gaat allemaal om de goede houding,' riep ze. 'Een goede danser loopt rechtop.'

Caro hield haar mobiele telefoon omhoog en maakte er een foto van. 'Voor de fans thuis,' zei ze vals.

Ik had net bedacht dat het goed was om hier zonder mijn vrienden te zijn, want het zag er vast belachelijk uit.

De Danseres Zonder Naam deed één been omhoog en gebaarde me haar na te doen. Zo stond ik in een soort ooievaarsstand.

'Een goede danser houdt altijd zijn evenwicht,' kraaide ze.

Mijn vader keek me intussen woedend aan, om vervolgens ook mijn moeder boos aan te kijken. Nog even en het detectivebureau Kees & Ko zou definitief een andere naam krijgen:

Kees & Ko, relatiebureau

Dan zouden we ons moeten gaan bezighouden met bezoekregelingen en de inrichting van twee slaapkamers.

Ik peinsde. Misschien moest ik voor de verandering maar eens de kant van mijn vader kiezen. Als detective wist ik hoe alleen je ervoor kon staan als het erop aankwam.

Kees en de musical deel 2

We hadden de barbecue achter de kiezen en ik had inmiddels de eerste dansoefeningen achter de rug. Deze waren met behulp van de telefoon van Caro vastgelegd en naar diverse nummers doorgestuurd. Dan heb je behoefte aan vrienden, want in geval van nood leer je je echte vrienden kennen. Op het moment dat ik dit bedacht, hoorde ik een fietsbel.

'We moeten opschieten,' riep Teuntje.

Ik zag dat ze een ooglapje op had. Bas stond naast haar.

'Daar is je vriendinnetje,' zei mijn zus vals. Ik kleurde rood en slikte. Gelukkig dat ik niet meer als een mislukte balletdanser met twee Bouquetromans op mijn hoofd stond.

Oom Cneut kwam erbij staan. 'Wie doet de visagie en styling?'

Bas deed van schrik een stapje naar achteren. 'We gaan toch niet in een make-over?'

Ik nam het op voor mijn oom. 'Nee hoor, maar mijn oom is expert op het gebied van musicals en misschien dat hij een paar goeie tips heeft. Hij blijft er speciaal een paar dagen langer voor.'

Ik praatte zachtjes, want ik wilde het humeur van mijn

vader niet nog verder verpesten. Het gezicht waarmee hij de barbecue nieuw leven in probeerde te blazen, zei al genoeg. We konden ons in alle rust gaan voorbereiden op een vette vakantie in een tropisch decor.

Bas bleef toch een beetje argwanend achter zijn fiets staan.

'Och meisje,' riep Annetien naar Teuntje, 'wat een heerlijke bos haar heb je. Die heb je zeker van je moeder?'

'Ze heeft geen moeder meer,' flapte ik eruit.

'Och, en die arme papa van jou zit nu elke dag alleen thuis?' vroeg Geertje, net iets te enthousiast.

Ik zag dat de twee vriendinnen elkaar aankeken. Eén ding was duidelijk: het jachtseizoen op de vader van Teuntje was vanaf nu geopend.

'Zo'n musical is toch wel erg leuk. We kunnen best nog even blijven. Hoe vaak maak je dat nou mee?' hoorde ik ze tegen mijn vader en moeder zeggen.

'Dus jullie blijven ook?' riep mijn vader. 'Waarom nodigen we niet meteen de hele straat uit?' vervolgde hij.

Arme vader. Hij moet te vaak naar het helderziende medium op tv hebben gekeken, want op het moment dat hij zijn mond sloot, hoorde ik de claxon van een auto.

'Hoi, buuf. Hoi, buurman.' Het waren onze buurtjes, de Gazonnetjes, zoals mijn vader ze noemt. Dat is omdat ze een heel mooi grasveldje achter hun huis hebben. Mijn vader noemt haar altijd Antoinette Hoes, omdat ze elke avond een plastic hoesje over de tuinmeubelen en de parasol doet. Zijn bijnaam is de Circusdirecteur, vanwege zijn moderne, felgekleurde pakken en zijn paarse brilmontuur. Mijn moeder tennist één keer per week met de buurvrouw.

'Jullie hebben vast wel honger? Han legt zo een extra hamburgertje op de gril, hè Han?' hoorde ik mijn moeder zeggen. Ze keek zo onschuldig mogelijk toen ik haar diep in de ogen staarde.

Voor mijn vader zou een schriftelijke detectivecursus niet zo gek zijn. Maar ook een detective moet aan zichzelf denken. De boerderij had echt zijn langste tijd gehad als mijn moeder in dit tempo mensen bleef uitnodigen. Ik zei tegen Teuntje dat het hoog tijd werd om te vertrekken.

We fietsten langzaam naar het kasteel. Ik kon niet wachten totdat we er zouden zijn, want dan kon ik eindelijk mijn onderzoek starten. Een detective werkt altijd door, zelfs tijdens het slapen, maar ik had te maken met vennoten die het anders bekeken. Dat maakt het werk van een detectivebureau zo moeilijk.

Eenmaal op mijn fiets, miste ik iets. Toen wist ik het opeens: mijn baken in de woeste zee lag nog aangelijnd aan een paal. Maar we waren al over de helft, dus het had geen zin terug te gaan.

We sloegen links af een hobbelig zandpad in. Aan het einde van het zandpad zag ik eindelijk de ruïne van wat ooit het kasteel was geweest. Vanuit mijn rechterooghoek merkte ik de witte bestelbus op. Dan moesten de leren jackies ook in de buurt zijn, bedacht ik. Ik zou niet rusten voordat ik wist met welke misdaad zij zich bezighielden. Een goeie detective is als een terriër: hij laat niet los tot hij de zaak heeft opgelost.

De brokstukken van het kasteel zagen eruit als het decor van een spookfilm. In de avondschemering waren de vleermuizen uit de gaten van de ruïne te voorschijn gekomen. Die beesten hebben een radarsysteem waar je u tegen zegt. Je zou willen dat een niet nader te noemen speurhond in opleiding daar ook over beschikte. Toch blijf je altijd bang dat zo'n beest zich vastzet in je haren.

Binnen in het hart van het kasteel was een tribune gebouwd, rondom een podium. Daarboven hingen grote lampen aan ijzeren stangen. Op het podium heerste een enorme drukte. De regisseur van de musical liep zenuwachtig rond.

'Attentie,' klonk zijn nasale stem door een megafoon. 'Attentie, soundcheck.' Gevolgd door: 'Alle bomen verzamelen.'

Tot mijn verbijstering liep het podium vol met de halve dorpsbevolking.

Teuntje en Bas wenkten mij om ook naar het podium te komen. Ik trok mijn broek een beetje op en merkte toen pas dat het elastiek van mijn onderbroek het begeven had en ik dus zo'n beetje in mijn blote reet het podium op moest. Ik schoof voorzichtig langs de achterwand naar ze toe.

'Wat is er?' vroeg Teuntje toen ik naast haar stond. Ik hield mijn broekrand stevig vast. 'Moet je naar de wc of zo? Er zijn genoeg bomen hoor,' zei ze giechelend terwijl ze naar het dansende bomenkoor wees.

'Mijn broek zakt bijna af,' fluisterde ik. 'Bij het eerste danspasje sta ik in mijn blote kont.'

'Misschien ligt er achter het podium wel een stuk touw of zo,' zei ze.

Ik zocht mijn weg achter het grote doek, mijn ogen moesten aan het licht wennen en voordat ik het wist lag ik languit op de grond. Ik wilde opstaan, maar toen hoorde ik in het donker de regisseur met iemand spreken.

'Wat kom je hier doen? Ik heb al vaker gezegd dat we niet samen gezien mogen worden, dat was de afspraak. Laten we elkaar alleen bij de boerderij ontmoeten,' zei de regisseur.

Ik hoorde iemand iets zeggen over 'geld' en 'snel', maar toen werden ze overstemd door de muziek van het danskoor van de eeuwig zingende bossen.

Ik bleef even liggen. Het was maar goed dat het zo donker was en niemand een foto van mij kon maken en op het internet plaatsen. Mijn broek hing echt op mijn knieën. Man o man, dit wil je niet meemaken. Het platteland is levensgevaarlijk voor een superhippe asfaltheld als ik.

Ik was even niet in mijn functie van detective, maar ik zocht naar een stuk touw. Ik zag iets en trok eraan, en toen ging het doek omhoog. Kolere man, ik kon nog net op tijd wegduiken. Stel je voor: ik had met mijn reet naar het podium finaal voor schut gestaan. In pantersluip wist ik weg te komen. Even later voegde ik me bij de rest, nadat ik toch nog een stuk touw had weten te bemachtigen.

'Waar was je toch?' vroeg Bas.

Ik vertelde hem wat er was gebeurd.

'Shit man,' reageerde hij. 'Je hebt de pech aan je kont hangen deze vakantie.' Ik kon niet anders dan hem gelijk geven.

De regisseur kwam bij ons staan. 'Waar was jij nou?' vroeg hij.

Ik wees naar een boom.

Hij keek me argwanend aan. Waarschijnlijk vermoedde hij iets. Namelijk dat hij sinds een minuut of tien als officiële verdachte gold. Ik kon op dat moment nog niet weten bij welk misdrijf hij betrokken was, maar ik wist gewoon zeker dat hij een dubbelrol speelde en eigenlijk een heel gevaarlijke crimineel was.

Ik vertelde Teuntje en Bas over het gesprek dat ik had afgeluisterd. Zij wilden niet geloven dat de regisseur misschien bezig was met het plegen van een grote misdaad. Allemaal onder de dekmantel van *Shakespeare, the Musical.*

In de asfaltjungle zijn we wat dat betreft meer op de hoogte van wat er zich allemaal afspeelt. Daar kan je buurman bij wijze van spreken zomaar lid van de maffia zijn. Neem als voorbeeld onze buurman, de Circusdirecteur. Hij werkt bij de gemeente, op de afdeling horecavergunningen. Stel je voor dat hij in de avonduren al die zaken afperst in ruil voor een vergunning? Daar zouden wij in de asfaltjungle helemaal niet van opkijken. We zien een nieuwe auto voor de deur staan en denken: waar zal die van betaald zijn? Dan kijken we elkaar aan en eigenlijk weten we het antwoord meteen. Maar gaan we dan naar de politie?

'Hallo,' zegt mijn vader altijd. 'We zijn hier niet fout als in de Tweede Wereldoorlog, hoor.' Alsof mijn vader de Tweede Wereldoorlog heeft meegemaakt.

Toch kon ik Teuntje en Bas niet van mijn gelijk overtuigen.

De eerste danspasjes

'Attentie,' klonk de stem van de regisseur, 'alle bomen een stap naar voren.'

Hij kwam voor ons staan. 'Ik heb een verassing voor jullie.'

Ik had opeens de hoop dat hij het hele bomengedoe zou schrappen.

'Ahum.' Hij schraapte zijn keel. 'Ik kreeg een uur geleden een heel belangrijk telefoontje. De bekende danseres Annemarie Jongsma heeft zich bereid verklaard de choreografie van de musical te doen.'

'Choreografie? Dat klinkt als een heel smerig drankje,' mompelde Bas.

Ik had nauwelijks tijd om dit bericht te verwerken. Op het podium verscheen de Danseres Zonder Naam in roze legging met beenwarmers en hoofdtelefoon. Ze zag eruit als de vrouw op het hoesje van de Taebo-dvd van mijn moeder. 'Hebben jullie nog een tubetje Superattack?' kreunde ik zachtjes.

De Danseres was als een stukje tape dat van de ene op de andere vinger bleef plakken. Je komt nooit van haar af.

Even later had ze op een groot bord de danspasjes uitgelegd. De meesten van ons raakten al na drie draaiende bewegingen hopeloos met hun benen en armen in de knoop. Vanuit mijn linkerooghoek zag ik nog net dat de witte bestelbus achter het podium wegreed.

Ik nam een besluit. Na de repetitie zou ik op onderzoek uitgaan, met of zonder de hulpdetectives.

Tijdens de danspasjes maakte ik in gedachten het volgende lijstje:

1. Kees & Ko detectivebureau moet hoognodig aan het werk.
2. Er zijn verschillende aanwijzingen dat er sprake is van verdachte omstandigheden.
3. Een detective die aanwijzingen voor een misdaad niet serieus neemt, is geen goede detective.
4. Een detective moet altijd op zijn hoede zijn, anders is hij de pineut en staat hij voor hij het weet voor aap, of zelfs in zijn blote kont voor een dorp vol plattelanders in een amateurmusical.

Vervolgens noteerde ik in gedachten een aantal vragen:

1. Wat zijn de zwarte leren jackies van plan?
2. Welke boerderij bedoelden zij toen ik onbedoeld hun gesprek afluisterde, terwijl ik me met gevaar voor eigen leven blootstelde aan de insecten achter een boom?
3. Wat moest de witte bestelbus deze avond bij het podium? Van wie is de witte bestelbus?
4. Met wie sprak de regisseur achter het podium?
5. Is de regisseur misschien een misdadiger? Hij ruikt uit zijn mond en dat is verdacht.

Intussen bleef ik tegen de dansende bomen aanbotsen. Ik had geen enkel ritmegevoel.

Plotseling hoorde ik een stem in mijn oor tetteren. De regisseur had zijn neus er zowat ingestoken. Ik wendde mijn hoofd af, want het was een soort gasaanval die in mijn gezicht werd geblazen.

'Ik denk dat je maar het beste kunt gaan.' Hij wees naar de zijkant van het podium. 'Je hebt nul procent talent,' vervolgde hij.

Iets in mij juichte. Ik stond op het punt om uit de musical geschreven te worden. Mijn hernieuwde zelfvertrouwen had ervoor gezorgd dat de bal weer bij mijn voet lag. Ik en niemand anders bepaalde welke kant die uit getrapt zou worden.

Toch liet ik dit geweldige moment uit mijn vingers glippen. Als los zand liep het er tussendoor.

Ik besloot me niet meteen gewonnen te geven en maakte een trillende beweging met mijn bovenlip, alsof ik de regisseur wilde verzoeken mij nog een nieuwe kans te geven.

'Laat me het nog een keer proberen?' vroeg ik zachtjes, maar hij was onverbiddelijk. Zijn arm wees nog steeds als een bord voor eenrichtingsverkeer naar de zijkant van het podium.

Zou hij me kwijt willen? Misschien dacht hij dat ik achter op het podium iets had gezien. Dat maakte hem nog verdachter.

Bas en Teuntje waren naast mij komen staan.

'Wat is er aan de hand?' vroeg Teuntje.

'Hij heeft mijn rol eruit geschreven.'

Teuntje en Bas liepen naar de regisseur. 'Hij eruit, wij eruit,' riepen ze boos.

Op de een of andere manier kreeg ook de rest van het achtergrondkoor er lucht van dat er iets speelde.

'Gaan we op die toer?' sprak een grote boer met handen als kolenschoppen.

'Wat zullen we nou krijgen? Hoor ik het goed dat je het bos kapt? We hadden toch afgesproken dat we met z'n allen een rol zouden spelen? Afspraak is afspraak.'

'Geen bos, geen musical. We kunnen hier ook gewoon een *Idols*-auditie houden. Het barst hier van het talent.'

Mislukt talent, dacht ik.

De regisseur was inmiddels omsingeld en hij liep een beetje rood aan.

'Als ik hem nou wat extra lesjes geef?' hoorde ik de Danseres Zonder Naam vragen.

Mijn keel draaide op slot. Ik kon mezelf wel voor mijn hoofd slaan. Vóór de finish gesneuveld, kun je iets ergers bedenken? Zo-even had ik het nog voor elkaar gekregen om niet in die mislukte Shakespearemusical op te hoeven treden. Nu leek het erop dat ik dankzij de Danseres Zonder Naam een plekje vooraan in de bomenrij zou krijgen. Of misschien nog wel erger: een solo. Dat is wat mijn tante in haar hoofd had.

'Wie zegt nu dat je geen dansbenen hebt? Wie zegt dat nou?'

'Ik,' wilde ik zeggen. 'Ik en de regisseur. Met z'n tweeën weet je meer dan alleen, ja toch?'

'Jij en ik,' vervolgde ze, 'gaan samen de lat heel erg hoog leggen.'

'Ik hoef toch niet de limbodans te doen?'

Mijn tante keek me nijdig aan. 'Bij wijze van spreken, bedoelde ik.'

Het platteland is als een moeras, je wordt er steeds dieper in gezogen. Gelukkig nog maar even, en dan wachtte die heerlijke stad op me.

De repetitie ging nog een uurtje door. We hadden nu in ieder geval door dat we allemaal tegelijkertijd hetzelfde been dezelfde kant omhoog moesten gooien. Dat was ook wel nodig, want anders zouden we met onze takken in elkaar raken.

De Danseres gaf ons wat oefeningen mee en zei tegen mij dat ik de volgende ochtend om negen uur bij de caravan moest staan. 'Dan gaan we wat rek- en strekoefeningen doen,' sprak ze me toe.

Ik trok een pijnlijk gezicht. Dit haalde heel nare herinneringen naar boven die met de Spiermassa te maken hadden.

Op onderzoek

Uiteindelijk konden we onze fietsen pakken om te beginnen met het grote vooronderzoek in verband met de nieuwe zaak van Kees & Ko detectivebureau. Deze keer voor het eerst met de nieuwe medewerkers, maar helaas zonder Ko. Maar dat was misschien ook wel beter, want ik moest de anderen nog helemaal inwerken.

We stonden bij onze fietsen en hoorden van achter een rododendron de stem van de regisseur. 'Kom om tien uur naar het Snackei. Zorg ervoor dat niemand ons ziet, anders worden we betrapt.'

We knapten zowat van de spanning.

Toen de regisseur weg was, sloegen we elkaar op de handen. 'We hebben een zaak,' gilden we door elkaar heen. 'Kees & Ko detectivebureau heeft een zaak!'

Ik keek op mijn horloge, het was pas negen uur.

'Laten we eerst eens even kijken of er hier een leegstaande boerderij te vinden is.'

Teuntje dacht na. 'Ik denk dat het de boerderij van boer Jan is. Die heeft zijn bedrijf gestaakt tijdens de varkenspest.'

Ik trok een vies gezicht. Op het platteland heersen de meest vreselijke ziekten. Het is er gevaarlijker dan je denkt.

'We kunnen ook morgen gaan,' stelde Bas voor. 'Eén zaak is toch wel genoeg.'

'Voor het een hoef je het ander niet te laten,' aapte ik mijn moeder na.

Bas keek mij nijdig aan en ik zag dat zijn vuisten zich balden. Het leek me beter de zaak niet op de spits te drijven.

'Ik bedoel,' zei ik haastig, 'dat er misschien een verband is. Dat Snackei is toch op weg naar huis, dus daar komen we sowieso langs.'

Bas twijfelde. 'Oké dan,' gaf hij mij schoorvoetend mijn zin.

We fietsten naar de boerderij van boer Jan. Het bleek te gaan om een groot bedrijf met verschillende stallen.

'Van wie is die boerderij eigenlijk?' vroeg ik aan Teuntje.

'Boer Jan pachtte de boerderij van jonkheer Dieter.'

'O, dus hij was lijfeigene.'

'Moet jij ook een ooglapje?' vroeg Teuntje. 'We leven hier niet meer in de Middeleeuwen.'

De boodschap was duidelijk. Het was beter me even wat diplomatieker op te stellen. Bovendien, eerlijk is eerlijk, begon ik ze toch steeds meer als mijn vrienden te beschouwen.

We zetten de fietsen tegen een van de lindebomen. Ja, ik begon de natuur te leren kennen. Dat kon misschien nog van pas komen in een of ander suf natuurproject op school. Lachen hoor, straks werd ik nog vogelaar. Maar niet heus.

We liepen rondom de boerderij. Op het eerste gezicht viel er niets op te merken, maar bij een van de stallen zag ik toch dat er een auto had gereden. In het gras was een vers bandenspoor te zien. Bas zou het allemaal een zorg zijn. Hij was niet vooruit te branden.

'Zullen we nog even bij de stallen kijken?' opperde ik voorzichtig.

'Heel even dan,' antwoordde hij.

Bij een van de stallen viel me op dat de ramen waren dichtgeplakt met zwart plastic en ik hoorde het geluid van een motor.

'Wat zou dat zijn?' vroeg ik.

'De generator,' antwoordde Bas kortaf. 'Om de stallen droog te houden.'

'En dat plastic achter de ruiten?' vroeg ik.

'Zal vast iets met de varkenspest te maken hebben.'

Het platteland heeft zo zijn eigen logica.

'Dus jij denkt dat er hier niks aan de hand is?'

Bas knikte. 'Leven en laten leven.'

Die regel geldt in de asfaltjungle ook, dacht ik.

Inderdaad was er zo op het eerste gezicht niks te ontdekken. Ik liep voor de zekerheid nog even naar een van de andere bijgebouwen, maar er viel mij niks verdachts op. Wat een sof. Ik had het toch echt gehoord vanachter die boom. Ze waren iets van plan in de boerderij. Ik stond erbij toen ze het zeiden. Maar tot nu toe was alles steeds anders gegaan dan ik aanvankelijk had gedacht.

Bij het laatste raam kon ik door een kier in het zwarte plastic naar binnen kijken. Het typische was dat er binnen felle lampen brandden. Waarvoor diende dat zwarte plastic dan?

Mijn detectivebloed begon te kolken. Er was hierbinnen iets wat het daglicht niet kon verdragen en ik wist zeker dat mijn gevoel me niet in de steek liet. Wat me ook bevreemdde, waren de plastic vaten die zorgvuldig met een camouflagedoek van het leger aan het zicht waren ontrokken.

Toen wist ik het zeker: er wordt hier iets verborgen gehouden. Ik was een dikke vette misdaad op het spoor.

Ik wees Teuntje en Bas op de aanwijzingen. Teuntje plaatste haar wijsvinger tegen haar lippen. Ik had gemerkt dat dit haar denkhouding was.

'Misschien moeten we morgenavond na de repetities weer een kijkje nemen, want dit is inderdaad heel verdacht allemaal,' sprak ze langzaam.

'Waarom bellen we niet meteen de politie?' vroeg Bas. Hij hield zijn mobieltje omhoog. Ik dacht met heimwee terug aan mijn eigen mobieltje, met adressenlijst. Hoeveel sms'jes zou ik al wel niet gemist hebben? Wat zouden mijn vrienden denken?

'Nee,' zei Teuntje, en ze onderbrak daarmee mijn dagdroom.

Ik keek blij om. Gelukkig was er nog iemand die het werk van een detective serieus nam. Want detective word je niet: je bent het of je bent het niet. Bas was toch meer een spion dan een detective. Die zijn over het algemeen wat gemakzuchtiger en laten het zware werk over aan anderen.

Bas keek ongeduldig op zijn horloge. 'Ik wil niks zeggen, maar volgens mij moeten we nóg een zaak onderzoeken.'

'O ja!' riep ik. 'Laten we vlug naar het Snackei gaan.'

We sprongen op onze fietsen en reden het zandpad af naar de ruïne van het kasteel. Toen we daar de afslag naar de oude Lindeweg wilden nemen, konden we nog maar net op tijd de greppel in rijden. De witte bestelauto reed ons met grote vaart tegemoet.

Teuntje stond woest met haar armen te zwaaien. 'Eikels,' gilde ze.

De wagen hield even stil. Er ging een raampje open. Het bleek een van de leren jackies te zijn. Hij maakte een smerig gebaar met zijn middelste vinger. Bij mij thuis zou het een definitief afscheid van mijn mobiel betekenen als ik het ooit in mijn hoofd zou halen om zo'n beweging te maken.

Teuntje liep naar voren. Ik raakte steeds meer onder de indruk van haar moed. Niet dat ik bang was voor deze boeren, maar als detective had ik geleerd om altijd even de kat uit de boom te kijken.

'Als je dat nog een keer waagt, dan zal ik het tegen de regisseur zeggen en dan zijn jullie je baantje kwijt,' zei Teuntje tegen het leren jackie.

'Baantje?' vroeg ik verbaasd. 'Wat voor baantje?'

'Ze helpen met de techniek en het opbouwen en afbreken van het podium.'

'Dus vandaar dat heen en weer rijden met die bestelbus,' stelde ik hardop vast.

Bas wreef in zijn handen. 'Alweer een zaak opgelost. Nu nog even die zaak bij het Snackei en dan kunnen we morgen lekker gaan zandsurfen bij de zandafgraving.'

Aan de ene kant baalde ik van het gemak waarmee Bas dacht van de zaak af te zijn, maar aan de andere kant dacht ik wel: zandsurfen!

'Wat bedoel je met zandsurfen?' vroeg ik geïnteresseerd.

'Met een heel gladde plank naar beneden glijden en dan zo het water in.'

'Klinkt vet, man.' Kijk, dat was iets waar ik mee thuis kon

komen. Zandsurfen op een gewoon stuk plank. Niks heftig *sandboard*, maar gewoon een stuk huis-tuin-en-keukenplank. Het was moeilijk, maar ik moest het erkennen: het platteland liep op dit terrein ver voor op koninkrijk Asfaltia.

Ik besloot dat Bas best wel oké was, maar voor het detectivewerk wat minder geschikt.

Lenie van het Snackei

We stapten vanuit de greppel weer op de fiets en zagen in de verte het Snackei al staan. Onze fietsen verborgen we achter een braamstruik en zelf verscholen we ons achter het elektriciteitshuisje. Om de tijd te doden hielden we een wedstrijdje wie het verst kon gooien met steentjes. Toen die op waren, gaf Bas een voorstelling oren bewegen en deed ik mijn oma zonder kunstgebit na.

Teuntje had haar armen om ons allebei heen geslagen. Ik wenste dat ze dit alleen bij mij had gedaan. Op de een of andere manier kon ik het niet hebben dat Bas dezelfde aandacht kreeg als ik.

Toen hoorden we de piepende remmen van een fiets. Het bleek de regisseur te zijn. En even later stopte er ook een scootertje.

'Lieveling, kom in mijn armen,' fluisterde de regisseur.

We keken over de rand van elektriciteitshuisje.

'Krijg nou wat.' Teuntje keek naar Bas. 'Het is Lenie van het Snackei. Maar die is toch getrouwd?'

Bas knikte. 'Heel erg getrouwd zelfs. Met onze buurman.'

Ik keek ze allebei aan. Op het platteland kan het dus ook een wilde boel zijn, dacht ik bij mezelf. Nou ben ik thuis al lang geleden bijgepraat op het gebied van seks, maar bij ons geldt trouw aan elkaar zijn *first.*

Het moet door de seksboerderijen komen, dacht ik. Die hebben een slechte invloed op het platteland.

'Heeft iemand je gezien?' vroeg de regisseur.

Lenie begon te huilen en ze liet hem een stuk papier zien. 'Ze willen dat ik ze betaal.'

Lenie ging nog harder huilen. De regisseur schrok ervan.

'Weet jij wie het zijn?' vroeg ze.

'Kom.' De regisseur duwde haar het inmiddels openstaande ei in. 'Binnen is het een stuk warmer. We verzinnen wel iets.'

We keken elkaar met open mond aan.

'Wat kunnen we doen?' vroeg Teuntje.

'Ssst,' fluisterde Bas.

De twee kwamen weer naar buiten. 'We moeten elkaar even niet zien. Dat is gewoon beter. En ik zal dit in de tussentijd oplossen. Ga jij nou maar naar huis,' hoorden we de regisseur zeggen.

Lenie stapte op de scooter en reed snel weg. De regisseur rookte nog even een sigaretje. Daarna stapte hij op de fiets.

'Tering.' Bas krabde op zijn hoofd. 'Ik dacht dat we geen zaak zouden hebben en nu zitten we midden in een chantagezaak.'

'Ja, en dat is nog maar het begin,' zei ik.

'Pardon?' vroeg Teuntje.

'Als detective heb ik ervaren dat de ene zaak vaak de andere zaak aan het rollen brengt.'

'Welke dan?' vroeg Bas.

'Dat is nou net het onverwachte aan het beroep van detective: je weet nooit waar je terechtkomt.' Ik keek op mijn horloge en schrok ervan dat het al zo laat was. 'Laten we morgenochtend bij elkaar komen in de schuur, dan kunnen we de taken verdelen.'

Ik keek Teuntje en Bas na toen ze wegfietsten. Langzaam fietste ik naar de kampeerboerderij. Daar was het inmiddels een drukte van belang. Er leken nu dubbel zoveel tenten te staan. Wat heet, er waren twee terreinen: aan elke zijde van de caravan een. Laat me de situatie even beschrijven aan de hand van de verklaringen van de verschillende kampbewoners.

Geertje en Annetien bleken in de loop van de dag ruzie te hebben gekregen over de buit en lagen nu ieder in een aparte tent.

Eef en Cneut hadden slaande ruzie gehad met de Danseres Zonder Naam, omdat zij achter hun rug om met de regisseur van de musical had gebeld. Cneut had het baantje ook willen hebben.

Buurvrouw Hoes en haar Circusdirecteur bleken ook een nachtje te blijven. Alsof het platteland ooit een prooi zou loslaten.

Caro hing met de kleefbom Geert op de bank. Ze keek naar me alsof het niet de bedoeling was dat ik ook op de bank ging zitten. Ze zat steeds met haar handen in zijn haar en ik zag nog net dat ze met elkaar gingen tongen. Getverderrie.

Ik hoorde een soort discussie in de slaapkamer van mijn ouders, over vrienden en vis die twee dagen fris blijven. Ik trok snel de deur van mijn kamer achter me dicht.

Op het hoofdeinde van mijn bed lagen twee balletschoentjes met een briefje.

Slaap lekker, danseresje, XXX Caro.

Als wraak legde ik een natte handdoek onder haar deken.
Het was een zware dag geweest, zelfs voor een detective.

Het echte speurwerk

Ik werd wakker met een licht gevoel in mijn hoofd. Ik vroeg me af waar die vrolijkheid vandaan kwam. In ieder geval werd die niet gedeeld door de medebewoners van de vakantieboerderij.

Er bleek gesproken te zijn over een zekere natte handdoek. Nou had ik de hoop toch al opgegeven dat mijn mobiel nog in mijn bezit zou komen deze vakantie, dus ik liet alles maar over me heen komen.

Buiten wachtte Ko op mij. Er was gelukkig iemand op dit terrein die onvoorwaardelijk mijn vriend was.

Ik besloot zijn training te hervatten en liet hem eerst aan een zakdoek snuffelen, om die daarna te verstoppen. Helaas wilde het hem maar niet duidelijk worden dat hij niet achter mij aan moest lopen bij het zoeken. Hij begreep niet wat de bedoeling was. Zelfs niet nadat ik de zakdoek vijf keer had verstopt en vijf keer had voorgedaan hoe hij die moest terugvinden. Ik deed een speurhond in startpositie na, met één poot in de lucht.

Plotseling hoorde ik een kuchje achter me. Daar stond de Danseres Zonder Naam, met een gettoblaster. 'Je was het toch niet vergeten?'

Ik slikte. Vergeten niet, maar ik had het verdrongen.

Ze duwde me naar de zijkant van het huis en ik zag nog net hoe Geertje en Annetien boos langs elkaar heen liepen.

De Danseres bleek een beul te zijn. Ik kon na de training bijna niet meer op mijn benen staan. Ik was blij toen ze aangaf dat het wel voldoende was voor vandaag.

De Neus kwam er ook nog even bij staan. Hij wees op Ko en vroeg of het de bedoeling was dat die vandaag los bleef lopen. Hij maakte met zijn vingers een gebaar van 'betalen'.

Betreden op eigen risico, dacht ik bij mezelf.

De Circusdirecteur kwam op zijn racefiets langs en buurvrouw Hoes nam met een vochtig lapje de tuinstoelen af.

Kortom, het was een heerlijke morgen en ik was blij toen ik me kon terugtrekken in het hoofdkwartier van Kees & Ko detectivebureau. Daar bleef ik met Ko wachten op mijn goede vrienden Teuntje en Bas, want we zouden onze speurwerkzaamheden voortzetten.

EPISODE 3

Het begin van het einde

'Ben je daar?' Teuntje en Bas stonden beneden te wachten.

Ik boog me over de rand van de hooizolder. Ik had me met Ko in het warme hooi genesteld en even later zaten we in een kring.

'Wat is nou de bedoeling?' vroeg Bas.

'We moeten Lenie van het Snackei helpen,' antwoordde ik.

'Hoezo? Het is toch haar eigen schuld?' zei Bas.

Teuntje keek even stil voor zich uit en zei toen: 'Misschien heeft ze thuis elke dag ruzie en wordt ze geslagen.'

'Je hebt gelijk,' riep Bas snel. 'We moeten haar helpen.'

'We zullen de regisseur en Lenie moeten schaduwen,' stelde ik voor.

'Maar waar moeten we dan beginnen?' Teuntje was gaan staan.

'Laten we eerst naar het Snackei gaan,' gooide ik mijn voorstel in de groep.

'Ja en dan?' Bas trommelde met zijn vingers ongeduldig op de houten zoldervloer. 'Ik had vandaag ook nog de zandafgraving op het programma staan.'

Ik slikte even. Dat was ik helemaal vergeten. Er ontstond een oorlog tussen de wensen in mijn hoofd. 'Laten we eerst posten bij het Snackei en dan gaan zandsurfen.'

Dit bleek een plan te zijn waar we allemaal mee uit de voeten konden. Ook Ko stemde blaffend in en hem was niet eens naar zijn mening gevraagd.

Even later zaten we met z'n allen aan de houten picknicktafel in de berm bij het Snackei. We zaten er al een uurtje toen Lenie op ons af stapte.

'Hebben jullie niks beters te doen? Alle klanten blijven weg als jullie die tafel bezet houden.'

Ik bleef Lenie aankijken en ik zag dat ze met een oog trok. Dat leek me zeer verdacht. Het was net alsof ze je steeds een knipoog wilde geven.

'Heb ik iets van je aan of zo?' vroeg ze chagrijnig.

Ik keek naar Teuntje en Bas, maar ze wees naar mij.

'Ja, meneertje, je hoeft me heus niet zo aan te staren.'

Achter ons hoorden we twee fietsbellen. De Circusdirecteur en vrouw Hoes stonden naast hun fietsen.

'Kijk nou eens,' kirde mevrouw Hoes. 'Een café in de vorm van een ei. Hoe vind je dat? Je zou niet denken dat ze nog bestaan.'

Met een lapje poetste ze de bank schoon. 'Wacht even tot ik klaar ben,' riep ze naar haar man, 'anders kan je broek weer in de was.'

Volgens mijn vader is de buurvrouw vroeger te snel van het potje gehaald. Dat soort mensen is altijd overdreven schoon. Ze hebben mij vroeger echt van de pot moeten rukken, want met poetsen heb ik helemaal niks.

We aarzelden een beetje. 'Kom,' zei Bas, 'laten we naar de zandafgraving gaan, want hier valt niks te beleven.'

Ik kon niet anders dan hem gelijk geven.

Even later kwamen we aan bij de zandafgraving.

BETREDEN OP EIGEN RISICO stond er op een bord. Mooi, dacht ik, de Neus zullen we hier dus niet aantreffen.

Bas demonstreerde als een volleerd *sandboarder* hoe je naar beneden moest glijden. Gelukkig was ik een ervaren skater en binnen een mum van tijd zoefden we dan ook achter elkaar de heuvel af, het water in. We deden een wedstrijd wie in het water het langst op de plank kon blijven staan. Moet ik nog zeggen wie er won?

Ko had de tijd van zijn leven en het plattelandsleven leek ook mij toe te lachen. Na een aantal keren trok ik me even terug achter de heuvel. Terwijl ik met mijn plasstraal een tak probeerde te raken, hoorde ik opeens de stem van de Neus. Wat moest die hier? Ik kromp in elkaar.

'Annemarie, hoe vaak heb ik het je al niet gezegd. Een verzekeringsmaatschappij is als een stuwmeer. Als er te veel geld in zit, overstromen ze. Dus ze zijn blij dat ze af en toe wat kunnen uitkeren. Laat jij die ketting gewoon maar in het water glijden, dan strijken we lekker de premie op. Met die caravan sleep ik er ook nog wat extra geld uit. Ik heb het gewoon nog ietsje erger gemaakt. Nou kunnen we straks een camper aanschaffen.'

Ik lachte tevreden toen ik mijn gulp dichtdeed. Wat waren ook alweer de regels die voor elke detective gelden?

DE JUISTE MAN, OP HET JUISTE TIJDSTIP,
OP DE JUISTE PLAATS.

TOEVAL BESTAAT NIET.

VERTROUW NIEMAND, IEDEREEN IS VERDACHT.

Ik kon eindelijk een gebaar maken naar mijn vader en mijn mobiel en een grote neus maken naar de Neus en de Danseres. Ze hadden het er zelf naar gemaakt. Wat stond er ook alweer op het bord? BETREDEN OP EIGEN RISICO. Ja toch? Eigen schuld, dikke bult.

Ik besloot dat dit mijn geluksdag was.

Toen ik mij voor de tweede keer moest terugtrekken en ik de plas weer liet kletteren, was ik onbedoeld opnieuw getuige van een gesprek. Het bleek een van de zwarte leren jackies te zijn, die een ontmoeting had met Lenie van het Snackei. Hoe bestaat het.

'Lieveling,' hoorde ik haar zuchten.

Die Lenie was een echte hartenbreekster.

'Is-ie erin getrapt?' vroeg het lerenjackie.

'Laat hem maar aan mij over. Hij eet uit mijn hand.'

Kolere, dacht ik bij mezelf. Dit dorp is het trefpunt van een paar ernstige criminelen. Maar wat zouden ze van plan zijn?

'Waar en wanneer wordt de handel opgehaald?' vroeg het lerenjackie.

'Bij het Snackei, als iedereen naar de musical is.'

Ik krabde op mijn hoofd – ik krijg altijd jeuk als ik moet nadenken – want de situatie werd steeds verwarrender.

Ze wandelden verder de zandduinen in. Ik liep snel naar mijn twee vrienden en vertelde wat me tijdens de twee plaspauzes was overkomen.

'Heb ik niet meteen gezegd dat het twee criminelen zijn?' riep Bas.

'Wie bedoel je?' vroeg Teuntje.

'Die Neus met zijn Danseres. We vonden ze van het begin af aan al verdacht.'

Ik hield mijn armen op mijn rug. 'Eerst hadden we geen zaak, toen hadden we er één en nu hebben we er twee.' Ik hield mijn adem even in. 'Laat me samenvatten:

1. Door speurwerk van Kees & Ko detectivebureau is een omvangrijke verzekeringsoplichtingsbende opgerold.
2. De Danseres Zonder Naam is op dit moment aangesteld om het bomenkoor van *Shakespeare, the Musical* te drillen.
3. De directeur van Kees & Ko wil uit de musical om zich te richten op zijn speurwerk.
4. Lenie van het Snackei is een gemene oplichtster.

Vraag 1:
Wat moet er gebeuren met de Neus en de Danseres Zonder Naam?

Vraag 2:
Met welke misdaad houdt Lenie zich bezig?

Vraag 3:
Wat is de rol van de regisseur?

Vraag 4:
Wat is de rol van de zwarte leren jackies?'

'Ahum,' kuchte Bas. 'Mag ik even tussendoor? Ik ving iets op van directeur, maar nou dacht ik toch dat we alle drie directeur waren?'

'Ja,' sprak ik haastig, 'ik bedoelde namens ons alle drie als directeur te spreken. We zullen een besluit moeten nemen. Wat doen we met de Neus en de Danseres?'

Al snel kwamen we tot de conclusie dat zij gestopt moesten worden in hun oplichtingspraktijken. We zouden een brief maken van uitgeknipte letters om ze te vertellen dat hun spel uit was en dat ze onmiddellijk moesten vertrekken van het kampeerterrein.

'En dan?' vroeg Teuntje.

'We moeten alleen nog even weten wat er afgehaald wordt bij het Snackei. Maar ik voel gewoon dat het niet gaat om frikadellen en huzarensalades.'

We bleven nog wat hangen bij de zandafgraving, maar ik was er met mijn hoofd niet meer zo bij. Dat kwam niet alleen door alle aanwijzingen voor de diverse misdaden. Nee, het had ook te maken met een raar gevoel in mijn buik.

'Heb je weleens verkering gehad?' vroeg Teuntje aan mij.

'Ik?' Voor ik het wist had ze een kus op mijn wang gedrukt en ze hield me heel even bij mijn schouder vast. Ik wist niet waar ik moest kijken.

'Dan heb je het nu.'

'Echt?' vroeg ik verward.

Teuntje knikte.

'En Bas?'

'Ssst,' fluisterde ze.

Verkering is net een besmettelijke ziekte: je kunt het zomaar oplopen, zonder dat je het in de gaten hebt. Gelukkig maar dat we dit voor Bas zouden verzwijgen, en wat mij betreft voor iedereen. Wat niet weet dat niet deert.

Deze dag had tot nu toe een verkering, een ontdekte misdaad en een eventuele misdaad opgeleverd. En de dag was nog niet eens voorbij.

We besloten bij Teuntje thuis een dreigbrief op te stellen waarbij aan de Neus en de Danseres geen enkele keuze werd gelaten.

WAARSCHUWING !

BETREDEN OP EIGEN RISICO

U MOET voor zeven uur van avond
het terrein verlaten hebben,
anders zal de verzekeringsMaatschappij
worden GEbeld OVER de Ketting en de caravan.
als U TOCH BLIJft, is dat op eigen
risico.

De Wraakengelen

Tevreden fietste ik naar huis, ook omdat de musical er voor mij gelukkig op zat. Dat was het bijkomende voordeel van het aanstaande vertrek van de Neus en de Danseres Zonder Naam.

De caravandeur, die inmiddels gerepareerd bleek te zijn, stond open. Ik legde het papier met de uitgeknipte en opgeplakte letters op de mat. Voor de zekerheid legde ik er een baksteen bovenop.

De sfeer op het terrein was sinds die ochtend niet veel verbeterd. Maar ik was te veel met de gebeurtenissen van de dag bezig om me daar druk over te maken. Al helemaal over mijn zus Caro die met de kleefbom op de bank vastgeplakt leek te zijn met Superattack.

Met mijn vennoot Ko zette ik de training voort. Ik kon het me verbeelden, maar het leek erop dat de oefeningen eindelijk hun vruchten begonnen af te werpen. Hij probeerde in ieder geval niet de zakdoek van me af te pakken als ik die voor zijn neus hield.

Mijn vader leek in een iets betere stemming dan die morgen. We zaten om de houten picknicktafel toen de Neus zenuwachtig naar ons toe kwam lopen.

'We gaan,' zei hij kortaf.

Mijn vader verslikte zich zowat.

De Neus keek mij nijdig aan. Zou hij iets vermoeden?

'Moet je niet wachten tot de schade-expert is geweest?' vroeg mijn vader verbaasd.

'Van je familie moet je het maar hebben,' gromde de Neus.

'Hannie is even naar het dorp,' zei mijn vader.

'Doe haar de groeten. Zeg maar dat Annemarie overal uitslag heeft.'

Even later reden ze het terrein af. Maar niet voordat de Neus voor de ogen van mijn vader de schadeformulieren had versnipperd.

'Is het zo naar je zin?' vroeg de Neus.

Mijn vader keek naar mij, maar ik deed alsof ik er ook niks van begreep. Daarna reden ze weg.

Bij mijn vader begon de zon weer te schijnen. 'Het is een begin,' hoorde ik hem mompelen. 'Nu de rest nog.'

Ik kon niet wachten tot het avond was. Terwijl Bas en Teuntje hun dansje zouden gaan oefenen, zou ik bij de boerderij gaan speuren of ik iets kon vinden. Ik zou tegen de regisseur zeggen dat ik een blessure had en dat ik mijn knie niet mocht overbelasten.

Vanavond zou ik Teuntje weer zien, voor het eerst sinds we verkering hadden. Het was nu al vier uur aan. Ik had er een beetje opgezette klieren van in mijn nek en dat maakte dat ik maar moeilijk kon slikken.

Om half zeven stond ze weer voor mijn neus. Gelukkig deed Teuntje alsof er niks was gebeurd. We fietsten naar de ruïne alsof we een wedstrijd deden en gooiden onze fietsen tegen het podium. De repetitie was al begonnen.

'Mag ik even uw aandacht. Helaas is uw danslerares onverwacht vertrokken,' zei de regisseur. Ik dacht dat ik een zucht van opluchting door het bomendanskoor hoorde waaien, maar misschien dat ik het me verbeeldde.

Terwijl ik me klaarmaakte om naar de boerderij te vertrekken, hoorde ik hem weer.

'Gelukkig kunnen we een beroep doen op de heer Cneut Carlson, de bekende Noorse make-upartiest en musicaldeskundige.'

Ik stikte zowat. Gelukkig kon ik snel achter het podium wegduiken. Geen haar op mijn hoofd die er nog over dacht in die vreselijke musical te gaan staan.

Ik gaf Teuntje en Bas een knipoog. 'Houden jullie de regisseur in de gaten, dan ga ik nu poolshoogte nemen bij de boerderij. Misschien dat ik eindelijk een aanwijzing kan vinden die ons op het spoor van een misdaad zet.'

'Ja,' zei Bas. 'Kees & Ko, detectivebureau van slepende zaken.'

'Meeslepende zaken,' verbeterde ik hem.

'Hier.' Teuntje gaf me haar mobieltje. 'Dan kun je Bas bellen, mocht er iets zijn.' Als dat geen echte liefde is: elkaars mobieltje delen. Bij het overhandigen raakten onze vingers elkaar even. Ik voelde een lichte tinteling. Ik keek op mijn horloge: we hadden nu al zeven uur verkering.

'Doe voorzichtig,' riepen ze me na toen ik tussen de dikke bomen door het bos in rende.

Echt op mijn gemak voelde ik me niet. Ik ben een rare, hoor. Kijk, tegenover mijn goeie vrienden ga ik never nooit toegeven dat ik er niet zo dol op ben om in mijn eentje in een schemerig bos rond te lopen. Echt niet. Maar als man van de wereld in wording moet ik toegeven dat ik blij was met het mobieltje. Om begrijpelijke redenen, maar laten we dit toch maar even onder ons houden, hè?

De ondergaande zon kleurde de boerderij rood. Ik liep om de verschillende bijgebouwen heen en morrelde hier en daar aan een deur, maar ze zaten allemaal op slot. Ik kwam bij de schuur waar gisteren nog de jerrycans hadden gestaan die verstopt waren onder het camouflagenet. Daar was nu geen spoor meer van te bekennen. Als er ergens aanwijzingen te vinden waren, dan moest het toch wel in deze schuur zijn.

Ik keek omhoog en zag een klein dakraam dat openstond. Maar ik kon er met geen mogelijkheid alleen bij komen, ik zou ten minste een zetje nodig hebben van Bas of Teuntje.

Opeens hoorde ik een auto naderen. Ik kon nog net op tijd wegduiken achter een struik.

De auto stopte vlak voor de grote deur van de schuur. De vier leren jackies stapten uit en een van hen opende de achterdeuren van de witte bestelauto. Degene die ik die middag had horen praten, had duidelijk de leiding.

'Kom, die dozen moeten naar binnen en dan kunnen jullie eindelijk laten zien of jullie echt groene vingers hebben.'

'Ik ben gek op alles wat groeit en bloeit,' zei een van de anderen lachend.

Kannonen! wilde ik uitroepen. Ik was verbijsterd. Wat zouden ze van plan zijn?

'Kom,' riep de leider. 'Aan de slag. Die dozen worden binnenkort opgehaald bij het Snackei. Lenie weet ervan. Nou nog even die stomme regisseur erin luizen en dan zitten wij straks op rozen.'

Ik hield mijn adem in. Opeens ging Teuntjes mobiel raar piepen. Ik wilde hem uitzetten in mijn broekzak; ik herkende deze piep. Dit was het signaal van een mobiel die aan het doodgaan was omdat de batterij niet was opgeladen. Ik drukte hem uit.

'Was dat jouw mobiel?' hoorde ik een van de criminelen vragen.

Ik durfde nu niet eens meer te ademen. Ze stonden vlak bij de struik waar ik me verborgen hield. Het leren jackie van vanmiddag haalde zijn mobieltje te voorschijn.

'Zeker van je liefje,' zei de ander.

'Als je niet uitkijkt, dan verbouw ik je gezicht zodadelijk en dan maak ik daar even een leuk plaatje van. Dat kan ik dan mooi als kerstkaart gebruiken.'

De andere twee liepen intussen af en aan met bruine kartonnen dozen.

Ik kon het niet uitstaan dat ik nog steeds niet wist wat er zich binnen afspeelde. Intussen begon mijn slaapvoet – een oude kwaal – weer op te spelen. Bovendien kreeg ik kramp, omdat ik lange tijd in dezelfde houding zat.

Ik wilde dat ze eens oprotten, zodat ik met mijn twee medevennoten afspraken kon maken over de te volgen strategie. Het was duidelijk dat er een misdaad werd gepleegd, maar welke, dat was nog even de vraag. Wat precies de rol van de regisseur was, zou verder onderzocht moeten worden. Misschien was hij medeplichtig.

Ik was opgelucht toen het tuig eindelijk opgehoepeld was. Pas na enige minuten durfde ik mijn kop weer boven de struik uit te steken.

Ik keek voorzichtig om me heen, om er zeker van te zijn dat iedereen echt weg was. Toen rende ik kriskras tussen de bomen door naar het musicalterrein. In mijn enthousiasme lette ik niet goed op en botste ik tegen de regisseur op.

'Waar kom jij vandaan?' vroeg hij argwanend. 'We hebben je gemist bij de repetities.'

Ik wees snel naar mijn knie. 'Meniscus,' zei ik, alsof het om een toverspreuk ging. 'Opgelopen bij het skateboarden.'

'Ik wist niet dat je daar ook al een voetbalknie van kon krijgen.'

'Ja,' sprak ik haastig, 'dat is nog maar net ontdekt en het is vrij zeldzaam.'

'Wat deed je in het bos?'

'Mijn hond uitlaten.'

'Waar is die hond dan?'

'Och, die wilde even op zichzelf zijn. Het is niet zo'n gezelschapsdier.'

'En wie hebben we daar?' Achter mij stond mijn aangetrouwde oom Cneut, de musicalteut.

Teuntje en Bas haalden hun schouders op alsof ze er ook niks aan konden doen.

Ze zagen er eerlijk gezegd een beetje afgebeuld uit. Dat gold trouwens voor het hele bomendanskoor.

Ik wees ook mijn oom op mijn knie, maar het maakte niet veel indruk op hem. 'Ik doe er thuis een zwachtel om en morgen is Kees weer van de partij,' bemoeide hij zich er ongevraagd mee. 'Ik neem morgenochtend nog eventjes de pasjes met je door.'

De regisseur grijnsde net iets te vals.

'Kom,' zei ik tegen Teuntje en Bas. Ik hinkte een beetje naar mijn fiets.

'Is het heel erg met je knie?' vroeg Teuntje bezorgd.

'Welnee, maar je denkt toch niet dat ik nog het podium op ga? Echt niet!'

'Ja,' zei Bas, 'kunnen we die zenuwlijder niet lozen? Ik had liever de Danseres Zonder Naam.'

'Is het zo erg?' vroeg ik.

'Heel erg.' Ze knikten allebei.

Ik dacht even na. 'We zouden zijn telefoonnummer moeten hebben.'

'Van wie?' vroeg Bas.

'Van Cneut,' mompelde ik.

'Hebben we al gekregen,' zei Bas.

'Waar heb je dat nummer dan voor nodig?' vroeg Teuntje.

'Ik heb eventueel een plan.'

'O ja?' vroeg Teuntje. 'Laat eens horen.'

Ik vertelde over de wedstrijd van Intra-reizen waar ik oom Cneut over had horen praten.

'Jij moet morgen Cneut bellen en zeggen dat hij de reis met feestelijke première voor twee personen naar New York heeft gewonnen.'

'Ik?' vroeg Teuntje.

'Ja, want jouw stem herkent hij niet als je die een beetje verdraait.'

'En dan?'

Ik haalde diep adem. 'Dan zeg je dat de tickets naar hem onderweg zijn, maar dat hij morgen moet vertrekken.'

'Nu morgen?' vroeg Bas.

'Nee,' verzuchtte ik. 'Nu overmorgen, maar morgen is dat morgen.'

'O,' riep Bas. 'Dan moet je dat duidelijk zeggen. Ik bedoel maar.'

Ik besloot deze zaak even te laten rusten.

Door mijn aanvaring met de regisseur was ik helemaal vergeten te zeggen wat ik ontdekt had. Ik vertelde Bas en Teuntje wat ik had gehoord bij de boerderij.

'Wat moeten we nou doen?' vroeg Teuntje.

'We zullen een kijkje moeten nemen in de boerderij, maar alleen lukt me dat niet.'

'Je bent toch niet bang?' Bas keek me recht in de ogen.

'Och.' Ik trok mijn schouders op.

Eigenlijk moet ik toegeven dat Bas precies in de roos schoot. Ik was blij dat we dit nu verder met zijn drieën zouden aanpakken. Helemaal gerust op een goede afloop was ik niet, maar ik merkte ook dat we geen van drieën wilden toegeven dat we een beetje ongerust waren en dat we misschien beter de politie konden bellen. We wilden niet als lafaards te boek staan.

'Dus we gaan morgennacht een kijkje nemen?' vroeg ik zo zelfverzekerd mogelijk. Ik stond te trillen op mijn benen.

'Goed,' zeiden Teuntje en Bas tegelijk. 'Waar spreken we af?'

'Bij de schuur?'

‘Oké.’ Ze knikten allebei.

We fietsten gezamenlijk naar de grote weg. Toen Bas even niet keek, pakte ik voorzichtig de hand van Teuntje. We hadden nu al negen uur verkering.

Het Snackei was nog open. We besloten nog even een ijsje te scoren en aten het langzaam op bij de picknicktafel.

Het viel me op dat Lenie zenuwachtig heen en weer liep en vaak op haar horloge keek. Ik liep naar het openstaande luik van het Snackei en wierp de verpakking van mijn ijsje in de prullenbak. Lenie, die blijkbaar gebukt onder de toonbank stond, keek op.

‘Zeg het eens,’ vroeg ze gehaast.

Ik keek haar aan. ‘Je krijgt de groeten van de regisseur.’

Ik zag dat ze verkleurde en haar handen tot vuisten balde. Kijk, op zo’n moment test je als detective je verdachte. Want ze was echt een superverdachte.

Ik heb het tot nu toe niet durven zeggen, maar ik heb een kleine blaas. Dat betekent dat ik veel moet plassen. Maar juist die plaspauzes hadden ertoe geleid dat er schot in de zaken kwam.

Toen ik achter een dikke boom stond, hoorde ik Lenie bellen. Uit het gesprek kon ik opmaken dat het met de regisseur was.

‘Met mij, hoe weet die bleekscheet dat wij elkaar kennen?’

‘...’

‘Dus jij weet van niks?’

‘...’

‘Ik vond hem meteen al een vervelende betweter. We zullen hem goed in de gaten moeten houden. Heb je alles geregeld?’

'...'

'Ik zie je bij de optocht.'

Ik stikte zowat. Deze geniepige misdadigster in dat achterlijke Snackei maakte mij uit voor bleekscheet, en nog erger, voor betweter. Daar zul je spijt van krijgen, dacht ik, als je wegrot achter slot en grendel. Misselijke frikadellenkoningin.

Veel tijd om boos te zijn had ik niet. Lenie voerde alweer een nieuw telefoongesprek.

'Met mij.'

Ik spitste mijn oren.

'Die eet uit mijn hand.'

'...'

'Wanneer komen die dozen dan bij mij?'

'...'

'En hoe laat vliegen we dan?'

'...'

'Ha, ha,' hoorde ik haar vals lachen. 'Dan zijn wij inderdaad al gevlogen.'

Ik vond haar hoe langer hoe gemener en ik begon medelijden te krijgen met de regisseur.

Ik liep terug naar de picknicktafel. Voorovergebogen vertelde ik Bas en Teuntje wat ik had gehoord.

'Die arme man,' verzuchtte Teuntje, 'hij wordt er gewoon ingeluisd. Lenie van het Snackei is een heel gevaarlijke vrouw.'

We hoorden een harde knal. Het luik van het Snackei was met een klap dichtgevallen. Lenie stak buiten een sigaretje op. Zenuwachtig blies ze de rookwolkjes de avondschemering in.

Ik keek op mijn horloge. Het was al half tien, ik moest gaan.

'Komen jullie mee?'

Bas en Teuntje sprongen tegelijk op van de tafel. We treuzelden nog even bij de fietsen en Bas stond al een stukje verder op. Teuntje drukte een vlugge kus op mijn wang en ik gaf haar er een terug. Negeneneenhalf uur duurde onze verkering nu al. Mijn zus had kortere relaties gehad.

Toen fietsten we naar huis. Eigenlijk viel het me voor het eerst op hoe mooi het hier was. Zou dat door de verkering komen of was het de invloed van het platteland?

We spraken de volgende dag om twaalf uur af bij het Snackei.

Het terrein wordt leger

Nadat Teuntje en Bas bij de splitsing naar rechts waren gegaan, fietste ik snel naar huis. Het was al best laat. Ik gooide mijn fiets tegen het hek.

Onder het afdak van de boerderij zat de vakantiekolonie. Caro hing tegen de kleefbom aan en had zoals gebruikelijk helemaal niks te vertellen.

'Hoe is het met de balletdanser?' vroeg ze vals.

'Ik weet het niet, maar ze zoeken nog iemand die een vals zingende kraai na kan doen. Ik heb tegen de regisseur gezegd dat die rol jou op het lijf is geschreven.' Caro's mond viel wijd open. Het platteland had mij nog scherper gemaakt.

Ko kwam kwispelend naar me toe. Hij had zijn vrijheid weer teruggekregen. Het leek erop dat alles goed zou komen. Nog even de tijd hier uitzingen, dan nog een jaartje op de tandjes bijten op school en daarna heerlijk naar de middelbare school. Ik was die kleine pispotjes echt ontgroeid.

'Waar zijn de buurtjes eigenlijk?' vroeg ik. Mijn vader leek nog meer te stralen.

'Op de vlucht voor de varkenspest.' Hij keek vol trots naar de kleefbom, die langzaamaan een vaste plek binnen de vakantiekolonie begon te veroveren. 'De buurtjes hebben met-een hun spulletjes gepakt in verband met het besmettings-gevaar.'

'Maar dat was vorig jaar!' riep ik.

'Horen, zien en zwijgen,' antwoordde mijn vader.

Annetien en Geertje kwamen op ons toegelopen. Het leek als of ze weer helemaal goed met elkaar waren.

'We vertrekken morgenochtend,' riepen ze tegelijk.

'Hoezo?' vroeg mijn moeder. 'Jullie hoeven echt niet weg, hoor.'

'Er zijn hier geen goede aardstralen.'

'Heeft dat gevolgen voor het bereik van de mobieltjes?' vroeg ik.

Caro liep naar me toe. 'Je zou bijna zeggen: wat een dom blondje!'

'Waar je mee omgaat daar raak je door besmet,' antwoord-de ik snel.

Annetien en Geertje keken met medelijden naar de kleef-bom. 'Arme jongen, ze zouden de kinderbescherming moeten bellen.'

Ik keek mijn zus vragend aan.

'Ik heb ze verteld dat zijn vader driftaanvallen heeft,' fluis-terde ze. 'Zo'n pleegmoeder wil je toch niet eens cadeau krij-gen.'

Ik moest haar gelijk geven.

Zo langzamerhand hadden we dus bijna het hele terrein be-zoekersvrij gemaakt. Morgenochtend zouden Eef en Cneut vertrekken, dankzij mijn plannetje. Ik had maar ja geknikt toen Cneut voorstelde om de volgende ochtend de danspasjes met me door te nemen. Hij raakte niet uitgebabbeld over de musicals die hij het komende seizoen zou gaan zien. Mijn vader had hem gevraagd of tegenwoordig van elk boek een musical werd gemaakt.

'Dat zou pas fantastisch zijn,' antwoordde Cneut toen.

Mijn vader liep naar het midden van het grasveld. Hij haalde diep adem.

'Nou kunnen we eindelijk gaan genieten van dit heerlijke, rustige en veilige platteland.'

Veilige platteland, mijn neus. Dan had hij Lenie van het Snackei nog nooit ontmoet. De frikadellenkampioene, volgens de diploma's bij haar aan de wand, maar in het echt de aanvoerster van een gevaarlijke bende.

Ik kuchte. Dit was het moment om voorzichtig het onderwerp van de in beslag genomen mobiel, het gebruik van internet thuis en de Gameboy weer eens ter sprake te brengen.

'We zullen zien,' zei mijn vader. 'Je weet dat de school duizenden euro's heeft moeten uitgeven voor de aanleg van een nieuwe riolering. Dat geld verhalen ze op mij.'

Ik was het incident met de gymschoenen niet vergeten. Toch zou die gymleraar nog een lesje krijgen. Ik was tijdens deze vakantie namelijk erg gehecht geraakt aan een bepaald merk snelklevende lijm. Misschien moest ik om te beginnen die schoenen van hem vastplakken.

Het borrelde in mijn hoofd van de leuke plannetjes voor het nieuwe schooljaar. Maar eerst moest er nog eventjes een misdaad worden opgelost en moest een eenmalig vakantieavontuur worden afgerond.

Ik keek op mijn horloge. Het was nu half elf en ik had al weer een uur langer verkering. De tijd vliegt als je verliefd bent. Ik moest Teuntje nog wel even vertellen dat we allebei een eigen leven moesten houden. Ik zou geen plakker worden.

Mijn vader keek nu ook op zijn horloge. Voordat hij kon aangeven dat het tijd was voor van slapenstein, liep ik al door de openstaande deuren naar binnen, op weg naar mijn kamer.

Op onderzoek

Ik legde mijn zaklantaarn de volgende ochtend alvast klaar. Toen ik me had aangekleed en net van plan was naar beneden te gaan, hoorde ik beneden Cneut en Eef juichen.

Ah, dacht ik bij mezelf. Teuntje had haar werk gedaan. Wat een geluk dat een van de medewerkers van het detectivebureau zo snel de kneepjes van het vak in de vingers begon te krijgen. Beneden stonden Cneut en Eef in het rond te springen.

'We gaan naar New York toe, we gaan naar New York toe,' zongen ze. Mijn vader danste mee.

'Gaan we met z'n allen naar New York?' vroeg ik zo onschuldig mogelijk.

Cneut vertelde me over de prijs die ze hadden gewonnen. 'Wat een verassing, hè?' gilde hij.

Voor wie? dacht ik. 'Hoe moet dat nou met de musical?' vroeg ik.

Cneut twijfelde en ik zag dat mijn vader zijn adem inhield.

'Dit is een kans die ik niet kan laten liggen,' zei hij toen. Er brak een lach door op het gezicht van mijn vader.

Cneut sloeg mij op de schouder. 'Je zult het zelf moeten doen, maar je kunt het. Dat weet ik zeker. Weet je, je hebt gewoon de X-factor. Dat zag ik meteen toen je de eerste danspasjes deed. Je trekt alle aandacht naar je toe.'

Zo, dacht ik, dat is weer een reden om ermee te stoppen. Niemand hoeft te zien hoe ik in een groene maillot voor paal ga staan als boomstam.

Mijn vader knikte. 'Natuurlijk kun je het.'

Hij keek op zijn horloge. 'Jullie moeten zeker snel weg?'

Even later stonden we Cneut en Eef uit te zwaaien. De twee walrussen hadden hun fietsen ook al gepakt en hun bagage in de verschillende fietstassen gedaan.

Niet lang na het afscheid van Eef en Cneut stonden we weer aan het eind van het grindpad. De twee dames slingerden, als gevolg van de zware bagage, langzaam uit het zicht.

Mijn vader rekte zich tevreden uit. 'Bezoek brengt altijd vreugde aan, is het niet bij het komen, dan is het wel bij het gaan.' Toen liep hij naar binnen.

Ik zag mijn moeder naar de cd-speler stappen en even later galmde Julio Iglesias door de boerderij.

Het terrein was nu weer alleen van onze familie en er heerste een heerlijke rust, maar voor hoelang?

'Kom, Ko,' riep ik naar mijn trouwe vriend. Met zijn korte pootjes kwam hij kwispelend naar me toe gerend.

In de keuken maakte ik voor mezelf een boterham en toen stapte ik op de fiets. Even later zag ik mijn vrienden staan bij het Snackei. Teuntje en ik hadden nu al bijna vierentwintig uur verkering en ik begon er al een beetje aan te wennen. Gek hè, je zou het nooit missen als je niet wist wat het was, en nu zou het zomaar kunnen zijn dat je niet meer zonder kunt.

De rest van de dag vloog eigenlijk voorbij. De generale repetitie was, hoopte ik, het laatste wat ik ooit nog in een musical zou moeten doen. Zodra ik weer thuis was, zou ik met Jurriaan een rockgroep beginnen.

Als ik aan de generale repetitie terugdenk, lopen de rillingen weer over mijn rug. Zo moet het voelen als je als soldaat gedrild wordt. Nooit, nooit hoop ik dit nog een keer mee te maken.

Ik sprak met Teuntje en Bas af elkaar om middernacht weer bij het Snackei te ontmoeten.

Toen ik thuiskwam, hoorde ik mijn vader een telefoongesprek voeren. Het werd me snel duidelijk dat hij Eef of Cneut aan de lijn had.

'Wat vreselijk, dus jullie gaan niet naar New York? Nou,' vervolgde hij, 'wat een misselijke grap. Ik zal het er zeker met hem over hebben.'

Ik slikte. Zouden ze doorhebben dat ik hierachter zat?

'Nee, nee, nee,' hoorde ik mijn vader opeens verschrikt roepen. 'We hebben een reuzeprobleem met het riool, de stank is ondraaglijk, jullie kunnen echt beter thuisblijven. We bellen,' zei hij nog en toen legde hij de telefoon neer.

Mijn vader kwam de keuken in. 'Ik had Eef aan de lijn. Die hele reis schijnt niet door te gaan. Iemand heeft een grap met ze uitgehaald. Maar wij zouden zoiets niet doen, hè?'

'Ik kom net binnen,' zei ik luchtig. 'Wat hoorde ik nou? Is de riolering stuk?'

Mijn vader maakte een gebaar van mondje dicht. Ik zou morgen maar weer eens mijn mobieltje ter sprake brengen.

onderzoek: wordt vervolgd

Voordat ik naar bed ging, zette ik het dakraam open. Het was een warme avond en mijn ouders zouden voorlopig nog niet naar binnen gaan. Caro was naar een boerendisco in het eerstvolgende gat, dus van haar had ik ook geen last.

Ik ging met mijn kleren aan op mijn dekbed liggen en besloot de tijd te doden met een van de Asterixen die hier in de boekenkast lagen. Zo nu en dan checkte ik mijn horloge.

Het gekke is dat de tijd nu weer leek te kruipen. Laat ik dit zeggen: ik ben meer een jongen van het 'nu'. Waarom wachten als dat niet nodig is? Wachten is tijdverlies. Ik stopte wat kleren onder mijn dekbed, zodat het leek alsof ik zelf in bed lag. Om kwart voor twaalf klom ik voorzichtig via het dakraam naar de dakgoot. Met mijn ellebogen steunde ik daarna in de goot en voorzichtig liet ik me naar beneden zakken. Het liep allemaal gesmeerd.

Waar ik alleen geen rekening mee had gehouden, was mijn partner Ko. Die ging op het moment van mijn ontsnapping eindelijk eens zijn waakhondlessen in praktijk brengen. Ko's timing was niet al te best.

'Ssst. Af, Ko, af!' siste ik. Ko begon nog harder te blaffen.

Ik dacht een seconde na, wierp toen een tak zo ver mogelijk de tuin in en rende daarna snel weg. Wat denk je? Gaat dat stomme beest opeens voor het eerst die tak ophalen en terugbrengen.

'Verras me, Ko,' had ik al vaak genoeg gezegd. 'Verras jezelf, je kunt meer dan je denkt.' Maar op dat moment zat ik helemaal niet te wachten op dit soort verrassingen. Ik kon nog net op tijd wegduiken achter een struik toen mijn vader Ko bij zijn nekvel greep.

'We gaan jou weer eens op cursus doen, want dit lijkt nergens op,' sprak hij Ko toe.

Ik slikte. Daar was ik nou al de hele zomer mee bezig.

Even later was het weer stil. Ik sloop naar mijn fiets, die ik al bij het hek had klaargezet. Snel ging ik ervandoor.

Bij het Snackei was nog van alles aan de gang, zag ik. Er brandde licht. Ik zette mijn fiets voorzichtig neer. Ik sloop naar het ei en deed mijn zaklamp drie keer kort aan en uit, zoals ik had afgesproken met Teuntje en Bas. Maar er kwam geen antwoord. Ik besloot nog iets dichter bij het ei te gaan zitten. Misschien kon ik horen wat er gaande was. Ik herkende meteen de stem van de regisseur.

'Kunnen we er niet gewoon mee ophouden, nu het nog kan?'

'Ben jij gek? We zijn er bijna en dan zouden we nu gaan stoppen? Wat is er, hou je soms niet meer van mij?' hoorde ik Lenie zeggen. Ze zette een huilerige toon op.

Doortrapte fritesbakster, dacht ik.

'Jawel, liefje,' sprak de regisseur.

'Nou, laat dan maar eens zien hoeveel je van je braadkuikentje houdt. Neem je morgen het geld mee?'

‘Goed dan, mijn lieveling, mijn alles.’

‘Goed, zo mag ik het horen. Geef mij morgen die centjes en dan wacht ik hier na de voorstelling op je. Als het spul is opgehaald, zijn we daarna voor altijd samen.’

‘Meteen?’ vroeg de regisseur.

‘Nee, want anders gaan ze ons verdenken. Je weet toch wat we afgesproken hebben? Je zou doen alsof je overvallen was. Heus, het is beter dat ik vooruitreis.’

‘Ik voel me wel schuldig dat we het geld van de kaartjes van de musical gebruiken.’

‘Niet aan denken,’ klonk Lenie weer. ‘Die stomme boeren hebben geld genoeg.’

Stomme boeren? Ik wilde opspringen. Mij een beetje voor stomme boer uitmaken. Maar toen bedacht ik dat ik helemaal geen boer was, dus het zou me eigenlijk niet moeten raken. Maar dat deed het wel. Ik merkte opeens dat ik van het platteland was gaan houden. Ik ben een rare, hoor. Eerst wil ik nergens iets van weten en dan kan ik er opeens geen genoeg van krijgen.

‘Nou?’ klonk de stem van Lenie weer.

‘Goed, liefje.’

‘Fijn, zo ken ik je weer. Laat het nou allemaal maar aan mij over, dan komt alles goed. Zullen we het nog een keer doornemen? Morgen tijdens de optocht voor het bordes van die dronkenlap wordt de handel ingepakt. Tijdens de voorstelling komt Henk met het spul naar het ei. Daar wordt de handel opgehaald en krijgen we het geld. De zogenaamde overvaller komt het geld van de musical ophalen en die geeft het weer aan mij.’

'Is hij wel te vertrouwen?'

'Maak je daar maar geen zorgen over.'

'Maar we hebben toch al genoeg verdiend met de handel?'

'Van geld kun je nooit genoeg hebben,' verzuchtte Lenie. 'Met die overval breng je ze bovendien op een dwaalspoor. Zo gaan ze voorlopig ook de boerderij niet onderzoeken. En als het weer rustig wordt, komen wij voor altijd bij elkaar. Ik kan niet wachten.'

'Wat denk je van mij?'

'Weet je het nou?'

'Ja kuikentje, dan zullen we voor altijd bij elkaar zijn.'

'Nog één nachtje slapen en dan is het zover. Maar nu moet je gaan, voordat iemand ons samen ziet.'

Ik moest rillen van deze slechte vrouw. Vooral toen de regisseur weg was en zij het volgende telefoongesprek voerde:

'Hoi, met mij.'

'...'

'Nee, hij doet precies wat ik hem zeg.'

'...'

'Tot morgen, lieffie.'

Ik begon nog meer medelijden te krijgen met de regisseur.

Verderop ging een lantaarn drie keer aan en uit. Gelukkig, Teuntje en Bas waren ook gearriveerd.

De plantjes

'Wat moeten we nu doen?' vroegen we ons alle drie af.

'Verliefdheid is als een ziekte,' zei ik toen. 'De regisseur is ziek en heeft onze hulp nodig.'

Ik keek Teuntje aan en gaf haar een knipoog. Ze lachte. Ons zou zoiets niet overkomen, had ik besloten.

'Laten we eerst zien wat er zich in die leegstaande boerderij afspeelt,' stelde Bas voor. We pakten onze fietsen en gingen er stilletjes vandoor, omdat het hoofd van de bende zich nog steeds in het Snackei bevond.

In het donkere bos scheen af en toe de maan tussen de bladeren door, en dat was maar goed ook. We durfden onze fietslampen, voor zover ze het al deden, noch onze zaklantaarns aan te doen. Niemand mocht van onze aanwezigheid op de hoogte raken.

We plaatsten onze fietsen bij een boom.

'Wie gaat er naar binnen?' vroeg Teuntje. Ik had het gevoel dat niemand stond te trappelen.

'Laten we erom loten,' stelde ik voor. Ik hield drie stokjes achter mijn rug waarvan er een duidelijk het kortst was. Helaas trok ik zelf het kortste. Het had me de hele vakantie nog niet meegezeten. Teuntje gaf me haar mobieltje. Ik testte even of de batterij goed was opgeladen.

We liepen voorzichtig om de leegstaande boerderij heen, maar het was overal uitgestorven. Het dakraam van de schuur stond nog steeds open.

Ik zuchtte, want echt veel zin had ik er niet in. Maar goed, ik was ook weer niet van plan om hier een beetje voor aap te staan. Als ik alleen met Teuntje was geweest, had ik wel gezegd dat ik haar niet alleen durfde te laten in dit donkere bos. Maar nu zat dat er eventjes niet in. Het leek er zelfs op dat Bas ervan genoot dat ik dit moest ondernemen.

Hij ging met zijn rug naar de muur staan en zakte een beetje door zijn knieën. Hij vouwde daarbij zijn handen in elkaar zodat ik er voorzichtig op kon gaan staan. Ik pakte in één beweging de rand van de dakgoot en hees me vervolgens het dak op. Langzaam kroop ik langs de dakpannen naar het openstaande dakraam. Ik scheen voorzichtig met de zaklantaarn naar binnen, want ik wilde graag zien waar ik terecht zou komen. In het zwakke licht zag ik dat er een houten vloer lag, dus ik zou niet in een afgrond storten.

'Tot zo dadelijk.' Ik zwaaide.

'We bellen,' grapte Bas.

'Doe voorzichtig,' riep Teuntje vlak voordat ik me door het raam naar beneden liet zakken.

Ik bleef even aan het raamkozijn hangen en liet me toen vallen. De zaklantaarn was door de landing uit mijn shirt gevallen. Ik moest wennen aan het donker en het duurde eventjes voordat ik iets kon zien. Het licht van de bleke maan, dat door het raam naar beneden viel, maakte dat ik alsnog mijn weg kon vinden. Ik zag de lantaarn, die onder een kapotte stoel was gerold. Gelukkig deed hij het nog en ik daalde een houten trap af de grote open ruimte in.

Laat ik wel even bekennen, nu we toch onder elkaar zijn, dat ik bij dit alles stond te trillen op mijn benen. Je moet soms iemand in vertrouwen kunnen nemen. Maar goed, ik stond daar dus onder aan de trap en het eerste wat ik dacht was: krijg nou wat!

In de open ruimte, die doorliep tot aan de andere schuur, was een enorme plantenzee aangelegd. Aan het plafond hingen grote ijzeren lampen die zo in een voetbalstadium hadden kunnen hangen en overal liepen buizen voor de watertoevoer.

De geur kwam me heel bekend voor, want in de asfaltjungle ben je al snel van veel zaken op de hoogte. Hier werden geen hanggeraniums gekweekt, dat was zeker. Ik stond midden in een hennepplantage!

De regisseur, Lenie van het Snackei en de leren jackies vormden samen een plattelandsbende die handelde in drugs. De oogst was zo te zien in kartonnen dozen verpakt en die zouden morgen waarschijnlijk vervoerd worden naar het Snackei.

Ik liep snel weer naar boven en zette een stoel onder het nog openstaande dakraam. Ik trok me weer op. Gelukkig had ik mijn armspieren de laatste tijd geoefend. Ik knipte de zaklantaarn drie keer aan en uit, maar er kwam geen reactie. Langzaam schoof ik van het dak naar de goot en ik liet me naar beneden zakken. Ik flitste weer drie keer met de lantaarn.

'Waar zijn jullie?' riep ik met schorre stem.

Plotseling hoorde ik gekreun van achter een dikke boom. Ik stond te shaken op mijn benen. Opeens sprongen Teuntje en Bas te voorschijn.

'Geintje!' riepen ze tegelijk. Wat je een geintje noemt, maar ik liet me niet kennen.

'Alsof ik het niet doorhad,' zei ik koeltjes. 'Willen jullie eigenlijk nog wel weten wat ik binnen heb gevonden?'

Ik vertelde ze kort wat ik had aangetroffen.

'Wie had dat nou gedacht,' verzuchtte Teuntje.

'We zullen een plan moeten maken.' Bas nam het initiatief. Ik slikte, want ik was gewend om zelf met de ideeën te komen.

Bas ging voor ons staan. 'Kijk, de regisseur is geen echte crimineel, hij is verleid door Lenie van het Snackei.'

Teuntje en ik knikten.

'Als iemand straf verdient, dan zijn het Lenie en de bende van de zwarte jackies.'

'Maar,' onderbrak Teuntje Bas, 'de regisseur wil anders wel de kas van de musical achteroverdrukken.'

'Ja,' riep ik, 'en dat is een heel misselijke streek.'

'Maar door wie komt dat dan?' vroeg Bas.

'Door Lenie van het Snackei,' riepen we tegelijk.

Bas ging verder. 'We moeten ervoor zorgen dat de regisseur zich bedenkt.'

'Hoe wou je dat doen?' vroeg Teuntje.

Bas graaide in zijn zak. Hij hield een grote tube in de lucht. Superattack! Natuurlijk, ik had het zelf kunnen bedenken. Soms ligt de oplossing heel erg voor de hand. Het was fijn dat Bas zich in zo korte tijd had weten in te werken.

'Dus?' vroeg ik.

'We lokken de regisseur na de voorstelling naar de mobiele wc.'

'Hoe doen we dat dan? vroeg ik.

'Teuntje geeft hem een briefje, zogenaamd van Lenie van het Snackei, maar dat hebben we natuurlijk zelf geschreven.'

'En dan?' vroeg ik bijna buiten adem, want ik dreigde nu toch echt buitenspel te worden gezet.

'Daarin staat dat het spel uit is en dat hij onmiddellijk naar de wc moet komen en de deur van binnenuit dicht moet houden,' ging Bas verder.

'Dames of heren?' vroeg Teuntje.

'Naar welke plee denk jij dat Lenie zal gaan?'

'En als hij daar eenmaal zit?'

'Dan moet jij die tube in het slot leegspuiten,' sprak Bas kordaat.

'Ik?' vroeg Teuntje. 'Maar dan zit ik nog in mijn bomenpak. Kan Kees dat niet doen?'

'Nee,' antwoordde Bas kortaf.

Ik wilde boos opspringen en roepen: 'Hallo, dat bepaal ik zelf wel even! Wie is hier eigenlijk de baas?' Maar voordat ik het woord kon nemen, was Bas me weer voor.

'Kees gaat met de andere tube Superattack naar het Snackei.'

'O ja?' zei ik zogenaamd geïnteresseerd.

'Als de spullen zijn aangekomen en Lenie met het bendelid van de zwarte leren jackies binnen zit te wachten met de handel, dan spuit jij het slot vol en zitten ze als twee kuikens gevangen in het ei.'

'Wat dacht je van het luik?' vroeg ik, want hij moest niet

denken dat hij slimmer was dan ik, de oprichter en bedenker van Kees & Ko detectivebureau.

'Dat luik heb ik ingesmeerd voordat we hier kwamen. Morgen zou het ei in verband met de aubade, de tractorpulling en de musical toch gesloten blijven,' verklaarde Bas.

Ik kon nu echt niks meer uitbrengen. Wat wil je? Je wordt, waar je bijstaat, als actieve bestuurder van een modern detectivebureau, door je jongste medewerker langs de zijlijn geplaatst. Ik vond het pijnlijk, laat ik dat zeggen, maar ik kon moeilijk mijn gezichtsverlies tonen.

'Bel jij daarna dan de politie?' vroeg ik.

'Nee, nee,' riep Bas afwerend, 'dat is echt jouw taak. En hou het anoniem.' Bas kuchte. 'Er zijn in het verleden door een bepaalde persoon bepaalde deuren vergrendeld met Superattack. Deze persoon wil daarmee het liefst niet onder de aandacht komen. Om begrijpelijke redenen, tussen ons gezegd, gezwegen en gesproken.'

Ik kon me dat goed voorstellen. Het was bovendien een prachtig geheim wapen, en voor meerdere doeleinden bruikbaar.

'Dus we komen ook niet in de krant?'

Bas schudde zijn hoofd. 'Helaas niet.'

Typisch het platteland, dacht ik. Sommige zaken worden heel stilletjes afgewikkeld.

Hiermee werd wel weer bevestigd hoe eenzaam het beroep van detective is. Een detective krijgt nooit de erkenning die hij verdient.

Teuntje had zich er tot nu toe buiten gehouden. 'Mag ik vragen wat jouw taak dan nu precies is?'

'Nou, ik heb het bedacht,' zei Bas eigenwijs. 'Bovendien kunnen jullie het heel goed vinden met elkaar.'

'Hoe bedoel je?' vroeg Teuntje.

'Dat weet je zelf heel goed en die over het paard getilde bleekscheet ook.'

Opeens knapte er iets in me. Ik was hier op het platteland net iets te vaak uitgemaakt voor bleekscheet. Ik kan veel hebben, maar op dat moment kookte mijn melkpannetje over. Ik stortte me op Bas en er vielen over en weer flinke klappen. Pats! Ik voelde zijn vuist in mijn rechteroog. Pats! Ik beantwoordde die met een rechtse in zijn linkeroog.

Teuntje trok ons op een zeker moment uit elkaar. 'Jullie zijn een stel baby'tjes,' gilde ze. 'Ik kan nog beter met een paar biggen omgaan, die hebben meer verstand dan jullie samen. Stomme koeien.'

'Jij,' ze wees naar Bas, 'moet niet zo jaloers zijn op Kees.'

'En jij,' ze wees naar mij, 'moet niet doen alsof je alles beter weet.'

Ik keek op mijn horloge. Zesendertig uur duurde onze verkering pas en we hadden nu al onze eerste ruzie.

Teuntje pakte haar fiets. 'En de verkering is ook uit!' gilde ze.

Ik slikte; zesendertig uur verkering en nu alweer voorbij? Nou ja, alle begin is moeilijk.

'Je krijgt een blauw boog.' Bas wees naar mijn oog.

'Jij ook.'

'Kunnen we nog maar met één oog knipogen,' zei hij lachend.

'Naar wie?'

'In ieder geval niet naar jou, lelijke bleekscheet.'

'Dat is je geraden, halve zool.'

We gaven elkaar een hand. 'Weer vrienden?' vroeg ik.

'Bij gebrek aan beter,' antwoordde Bas.

'Pas jij maar op voor je andere oog.'

'Hoef ik jou tenminste niet meer te zien.'

Toen we met zijn drieën naar huis fietsten, voelde ik toch dat de lucht tussen ons was opgeklaard. Op de splitsing namen we afscheid.

'Hoe laat begint die optocht?' vroeg ik.

'Om elf uur verzamelen bij Het Gouden Hoofd,' antwoordde Teuntje.

'Sorry,' zei ik tegen haar. 'Kunnen we het niet opnieuw proberen?'

'Misschien. Morgen zien we wel weer verder.'

'Tot morgen,' riep ik. Ik zwaaide en fietste snel naar de vakantieboerderij.

Twee blauwe ogen

Ik kwam terug bij de boerderij en was glad vergeten dat ik via het dak naar buiten was geklommen. Ik sloop om het huis heen. Mijn rechteroog begon al behoorlijk te bonzen. Er moest snel een natte lap op.

Ik probeerde via een tuinstoel op het dak te komen. Op dat moment besloot Ko alle lessen die ik hem geleerd had in praktijk te brengen. Terwijl ik aan de dakgoot hing, beet hij zich grommend vast in mijn broekspijp. Ik probeerde hem los te schudden. Intussen ging de goot steeds losser hangen en op een bepaald moment smakte ik met een enorme klap op de grond.

Ko had eindelijk ontdekt dat hij de verkeerde boef te pakken had. Hij begon me met zijn ruwe tong in het gezicht te likken. Alsof ik met een natte dweil werd afgenomen, getver.

Toen ik probeerde op te staan, merkte ik dat mijn enkel verzwikt was. Wat een shitdag, er leek echt niks te lukken. Binnen twee dagen verkering krijgen en gedumpt worden, een dik, blauw oog, een verzwikte enkel en een medewerker van het detectivebureau die de regie volledig had overgenomen. Kon het nog erger?

Ja, het kon nog erger.

Ik wist me uiteindelijk toch via het dak naar het dakraam te bewegen. Daarna liet ik me voorzichtig door het raam naar binnen zakken. Opeens werd ik van achter beetgepakt en werd mijn mond gesnoerd. Ik probeerde mezelf te bevrijden. Tijdens de daaropvolgende worsteling stootte ik met mijn andere oog tegen de kop van de trapleuning. Ik schreeuwde het uit van de pijn. 'Help!' riep ik. 'Help!'

Er ging een lamp aan. Op de gang stond mijn moeder; mijn vader zat boven op mij en mijn zus Caro stond klaar met een tennisracket.

'O, ben jij het,' was haar enige commentaar. Lekkere zus, hoor. Twee tellen geleden was ze nog bereid geweest mij een schedelbasisfractuur te meppen. Nu had ze nog niet eens een beetje medelijden.

Mijn moeder was intussen druk in de weer met natte kompressen. Mijn vader stond op en sloeg zijn armen over elkaar.

'Mag ik vragen waar meneer op dit uur van de nacht vandaan komt?'

'Teuntje heeft me de wilde zwijnen laten zien,' loog ik snel.

'Geloof je het zelf,' bemoeide Caro zich ermee.

'Zak door de vloer, vervelende heks.'

'Jij gaat nergens meer heen zonder mijn toestemming. Jij en die hond. De schade die jij hier de afgelopen tijd hebt aangericht zit me nu echt tot hier,' zei mijn vader boos.

Elke hoop op het terugkrijgen van mijn mobieltje ging in rook op.

Met een nat verband om mijn enkel en twee blauwe ogen viel ik uitgeput op mijn bed. Iedereen is tegen mij, was mijn laatste gedachte voordat ik onder zeil ging.

Het slotoffensief

De volgende dag had ik twee bloeduitstortingen rond mijn ogen en kon ik nauwelijks lopen. De oprichter van detectivebureau Kees & Ko zat even in een dipje. Ik had de controle verloren en ik wilde hoe dan ook een bijdrage leveren aan het oprollen van deze doortrapte bende. Ik bekeek mezelf in de spiegel. Ik zou zo een bijrolletje kunnen krijgen als griezel in een horrorfilm. Let wel, zonder schmink.

Als de kreupele klokkenluider van de Notre Dame hinkte ik naar beneden.

'Je bent niet om aan te zien,' sprak mijn zus.

'Bij mij gaat het over, bij jou niet.' Gelukkig bleef ik alert en snel.

'Volgend jaar gaan we zonder jullie op vakantie,' verzuchtte mijn moeder.

Na regen komt zonneschijn, dacht ik opgelucht. Niets is voor niks.

Met de auto reden we naar Het Gouden Hoofd.

'Gaan jullie meelopen?' vroeg ik aan mijn vader en moeder.

'Nee,' antwoordden ze verschrikt, 'dat is niks voor ons.'

'Maar anders zijn jullie gek op optochten.' Ik moest denken aan alle protestoptochten die we samen hadden gelopen.

'Iedereen is gelijk,' zei mijn moeder ferm. 'We gaan niet voor de een of andere aftandse jonkheer langs het bordes lopen.'

Je moet weten dat mijn ouders vinden dat iedereen gelijk is, behalve als het om hun eigen kinderen gaat. Dan opeens is er helemaal geen sprake meer van gelijkheid.

'Ik ga ook niet langs die dronkenlap lopen,' zei mijn zus. 'Ik kijk wel uit.'

'Nou, dan ga ik wel alleen,' zei ik. Ik had in mijn leven al meer tijgers dan jonkheren in het wild gezien, dus die kans liet ik mij toch echt niet ontnemen.

Ik hinkte naar het hek en daar stonden Teuntje en Bas me al op te wachten. Ik moest ze natuurlijk op de hoogte stellen van wat er gebeurd was.

We vroegen ons af of we de politie moesten waarschuwen, maar dan was de kans groot dat de regisseur er ook voor op zou draaien, terwijl hij er eigenlijk door Lenie van het Snack-ei was ingeluisd.

We liepen achter de fanfare aan de oprijlaan van de jonkheer op. De jonkheer zat met een plaid over zijn benen op een stoel en zwaaide met een slap handje.

'Hij is alweer toeter,' zei Teuntje lachend.

De hele vertoning duurde nog geen halfuur en toen werd de jonkheer, ondersteund door de voorzitter van de Oranjevereniging en de voorzitter van de kegelclub, naar binnen gesleept. In koninkrijk Asfalt zou je voor zo'n optocht niemand bij elkaar kunnen krijgen, tenzij je ze grof zou betalen.

'En wat nu,' vroeg ik toen we buiten bij de poort stonden.

Bas wenkte. 'Zo dadelijk begint de tractorpulling.'

Hè, hè, hier had ik echt naar uitgekeken. Nu zou mij eindelijk duidelijk worden wat tractorpulling eigenlijk was.

Ik stond naast Teuntje. Ze duwde zachtjes tegen mijn arm. 'Zullen we het weer aanmaken?'

'Ja,' antwoordde ik schor.

Zo had ik in korte tijd al voor de tweede keer verkering.

Vier tractoren stonden in een rij opgesteld met aan elk een zware aanhanger. De bedoeling was dat die tractoren honderd meter richting een finishlijn reden, en wie het eerste arriveerde, had gewonnen. Ook voor tractorpulling hoefde je dus niet achter de computer vandaan te komen. Ik begon al bijna uit te kijken naar de musical. Maar ik verheugde me vooral op het moment dat we de bende van Lenie van het Snackei zouden oprollen.

De rest van de middag hingen we wat rond, tot eindelijk het moment aanbrak dat we zouden vertrekken naar de musical.

Mijn moeder had nog even geïnformeerd naar welke boom ze eigenlijk moest kijken. 'Derde van links, achterste rij van de dansende bomen zonder naam.'

Toen ik met Teuntje en Bas achter het podium stond en zij zich in hun bomenpak hesen, gaf Bas mij de tube Superattack.

'Toitoi,' riepen ze toen ik wegfietste naar het Snackei om Lenie en haar boevenbende in het ei te plakken.

Tenminste, dat dacht ik toen nog.

Vertrouw nooit iemand! Heb ik dat al niet een paar keer eerder gezegd? Dat is echt de lijfregel van een detective. Ik was hem even vergeten, maar ik werd er met mijn neus bovenop gedrukt. Want als je denkt dat alles gesmeerd gaat lopen, gaat het altijd net even anders.

Daar kun je dan weer wél op vertrouwen. Vertrouw erop dat altijd alles anders loopt dan je denkt!

Ik zat te wachten bij het Snackei en keek op mijn horloge. Ik wachtte nu al een uur en er was nog steeds niks gebeurd. Geen Lenie, geen leren jackies, helemaal niks.

Zou nu op het laatste moment deze opsporingszaak als een nachtkaarsje uitgaan? Net zoals de hele vakantie trouwens.

Juist toen ik me begon af te vragen of het niet beter was als ik weer op mijn fiets zou stappen, hoorde ik een auto aankomen. Hij stopte voor het Snackei en drie leren jackies sprongen uit de auto. Een van hen klopte op de deur van het ei.

'W-ww-www aar iii-sss da-da dat mmme-men-mens nou?' stotterde de kleinste. Een van de andere twee pakte zijn mobiel en begon te bellen.

'Met mij.'

'...'

'Er is hier niemand.'

'...'

'Is goed.'

Even later ging zijn mobiel af.

'Tering!' hoorde ik hem schelden.

'Wat nu?'

'...'

'Hoe laat?'

'...'

'Als ze er over tien minuten niet zijn om die lading op te halen, zijn wij 'm gesmeerd.'

Het was even stil.

'Is goed.'

Het gesprek werd beëindigd.

'Er is een probleem,' zei een van de leren jackies.

Ik spitste mijn oren.

'Lenie zit vast,' hoorde ik hem zeggen.

Zou de politie ze betrapt hebben? vroeg ik me af.

'Ze zit met haar man bij de musical,' vertelde het leren jackie verder.

Ik dacht koortsachtig na. De zaak begon uit de hand te lopen. Nou moet een detective kunnen improviseren, of beter gezegd: een goeie detective moet dat kunnen. Ik bedacht snel een ander plan. Ik zou de drie boeven in het ei vastplakken.

De deur van het ei ging met een klap dicht. Ik dacht geen twee seconden na en sprong op de deur af met de tube in aanslag. Ik stak de tube in het slot en drukte hem helemaal leeg. Mijn hart klopte in mijn keel. Ik telde de secondes op mijn horloge. Een, twee, drie... Nog nooit was de tijd zo langzaam gegaan.

Wat nu als het niet bleek te werken en ze de deur zouden opengooien?

Ik wachtte voor de zekerheid nog dertig seconden.

Opeens voelde ik een ijzeren hand in mijn nek. Ik keek verschrikt om en zag het gezicht van een van de drie leren jackies. Ik had me vergist. Er zaten er maar twee opgesloten. Ik kon wel door de grond zakken. Hoe zou ik na deze mislukking ooit Teuntje en Bas nog onder ogen kunnen komen? Het platteland had me eronder gekregen.

‘Kijk nou eens wie we hier hebben,’ snauwde hij. ‘Als dat meneer meelwormpje niet is.’

Ik kromp nog meer in elkaar. Van ellende.

Een auto hield stil voor het ei en er stapten twee mannen uit. Een van hen was de vierde verdachte. Ze kwamen dreigend om mij heen staan. Ik had het gevoel dat dit weleens niet zo goed af zou kunnen lopen.

Ze begonnen meteen aan de deur trekken en terwijl ze daar druk mee bezig waren, hoorde ik het geluid van een scooter. Je hoeft geen twee keer te raden wie daarop bleek te zitten: Lenie, de koningin van de georganiseerde plattelandsmisdaad.

Ik ving iets op over snel wegwezen, een man met een bijl en vervelende etterbakjes die alles in het honderd probeerden te laten lopen. Ik hoorde mijn bijnaam over het terrein galmen.

‘Waar is die achterbakse bleekscheet?’ klonk de krijsende stem van de verdorven frikadellenoplichtster. Op dat moment lukte het ze om de deur uit zijn scharnieren te trekken.

‘Hier is hij.’ Het leren jackie duwde mij voor zich uit.

Lenie hield niet op met schelden toen ze mij zag. ‘Jij geniepige, achterbakse, lelijke meelworm. Waarom ben je niet gewoon in de stad gebleven?’

Ik was het helemaal met haar eens, behalve dan over de omschrijving van mijn uiterlijk. Ik kan je vertellen dat als je mij een keer gezien hebt, dat je dan denkt: was ik *hem* maar. En dan schep ik helemaal niet op, hoor.

‘Getverdemme, rotmannetje,’ snauwde de geliefde van het Snackei-secreet.

‘Bind hem vast,’ krijste Lenie.

Ze sleepten me het Snackei binnen, bonden me vast met isolatietape en ten slotte duwden ze een doek in mijn mond.

Er kwam weer een auto aangereden. Dat moest de auto zijn die de lading kwam ophalen.

'Wat doen we nou met hem?' hoorde ik een van de leren jackies vragen.

Amateurs, was het eerste wat ik dacht. Waar zouden ze naartoe moeten vluchten? Ik zou ontdekt worden en dan zou het spel uit zijn.

'Stop hem in de houtkist,' riep Lenie.

'Niet doen,' probeerde ik te zeggen. 'Alles behalve de houtkist.'

Ja, inderdaad. Ik ben bang in het donker. Het is gewoon mijn ding niet. Zo kan ik het het beste omschrijven. Ik heb helemaal niks met donkere, afgesloten ruimtes waar je zelf niet uit kunt komen omdat je bijvoorbeeld vastgebonden bent. Dat is gewoon iets persoonlijks, maar zo heeft iedereen wat. Net zoals ik niet wegloop met injectienaalden of horrorfilms.

Maar ik had weinig te zeggen, althans niet verstaanbaar. Ik weet niet of mijn mening er iets toe had gedaan, want ik was in de minderheid.

En zo werd ik in de kist gedumpt. Ik trilde van angst. Ik hoorde vaag geruzie over wat de rest nu moest doen en waar ze naartoe gingen.

Waar bleven Teuntje en Bas? Waarom liep alles fout?

Als de nood het hoogst is

Ik begon de moed al op te geven en zelfs als detective zag ik in dat ik hier even niks kon doen. Dat kwam doordat ik zelf in een soort doofpot was gestopt. Maar op dat moment kwam de redding.

Ik hoorde van verschillende kanten politiesirenes. Er was even sprake van gegil en voordat ik echt dacht dat iedereen mij nu definitief was vergeten, werd ik uit de kist van Hugo de Groot gehaald, net op tijd.

Gruwelijke Lenie werd afgevoerd met alle handlangers van de bende van het Snackei. Maar waar zouden Teuntje en Bas zijn?

Er kwam een auto aangereden en daar sprongen ze uit, als geroepen, samen met mijn vader en moeder en Caro. Ik werd aan alle kanten bevoeld en ik moet je zeggen dat ik daar echt niet zo van hou. Maar ik was zo uit mijn doen dat ik ze maar liet begaan. Toen iedereen rustig werd, kon ik eindelijk horen wat er zich allemaal tijdens de musical had afgespeeld.

Op het moment dat ik zat te wachten bij het Snackei, wist ik niet dat Lenie door haar man was meegenomen naar de musical. Hij had bij toeval een sms'je van de regisseur aan zijn braadkippetje gelezen. De man van Lenie was woest geworden, had haar in de auto geduwd en was naar de ruïne gereden. Daar was de musical al in volle gang.

'We waren net aan de bomendans begonnen.' Bas beeldde het uit met zijn armen. Ik vroeg me even af wat er nu erger was: opgeborgen zitten in een kist of verkleed als boom voor aap staan in *Shakespeare, the Musical.*

Bas vertelde verder. 'We hadden net ons applaus in ontvangst genomen en ik zag nog hoe Lenie zich tussen de coulissen verstopte, omdat ze achterna werd gezeten door haar man. Al had ik het gewild, ik kon niet tussen de bomen uit komen, want die bleven maar buigen voor het applaus. Ik had de brief al aan de regisseur gegeven en gezegd dat hij naar de dames-wc moest gaan, waar Teuntje hem op stond te wachten met de tube Superattack. Maar toen liep alles anders.'

Vertel mij wat, dacht ik. Het platteland kent wat dat betreft geen geheimen meer voor me.

'Terwijl de regisseur naar de wc's toe liep, was de man van Lenie daar inmiddels ook aangekomen,' vervolgde Bas.

'Ja,' zei Teuntje knikkend.

'En toen?' vroeg ik.

Teuntje haalde even adem. '"Waar is de regisseur?" gilde hij. "Ik vermoord hem!"' ging ze verder. '"Hij komt zo naar de wc," riep ik snel. "Kom, verstop je hier."' Teuntje glom toen ze dit vertelde. Die boerenmeiden kunnen er wat van, dacht ik trots.

'Daarna drukte ik snel de tube leeg en hield mijn voet tegen de deur. Lenies man ging als een razende tekeer. Bas kwam ook naar de wc,' ging ze verder.

'Ja, en ik had nog steeds dat stomme bomenpak aan,' voegde hij eraan toe. '"We moeten Kees waarschuwen. Lenie en haar man lopen hier rond," zei ik nog tegen Teuntje. "Straks ontdekt die smerige verraadster alles en dan is niet alleen de regisseur, maar ook Kees de pineut." Maar we wisten niet dat de regisseur achter ons was komen staan en ons had gehoord. "Waarom ben ik de pineut?" vroeg hij ons. "En waarvan?" We vertelden hem wat we wisten en dat we hem probeerden te redden. Toen stond opeens Criminele Lenie voor onze neus. "Braadkuikentje," snikte de regisseur, "waarom, waarom? Ik dacht dat je van me hield, dat je mijn alles was."'

'"Het spel is uit," gilden wij toen. Hè, Bas?' riep Teuntje.

'Ja,' beaamde Bas. '"Wij weten dat je ervandoor wilt gaan met de aanvoerder van de bende van de zwarte leren jackies." "Frikadel!" gilde haar man boos vanuit de dames-wc.'

'Hoe ging het nou verder?' vroeg ik.

'Die verraadster pakte een pistool uit haar tas,' vertelde Teuntje buiten adem. 'We moesten alle drie de heren-wc in en daarna smeet ze de deur dicht.'

'Maar toen ze weg was, konden jullie toch gewoon ontsnappen?'

Bas en Teuntje schudden hun hoofd. Teuntje liet een leeggeknepen tubetje Superattack zien.

'Wat een smerige rotstreek,' siste ik. Die Lenie was toch wel een heel erg kwaadaardige vrouw.

'Zo zaten we dus allemaal gevangen,' vatte ik samen. 'Maar jullie konden gelukkig met Bas' mobieltje de politie bellen.'

Bas schudde zijn hoofd. 'De batterij.'

'Nee, hè?' zei ik. 'Maar hoe kwamen jullie dan vrij?'

‘Wij bleven gillen, maar de muziek overstemde ons,’ zeiden Bas en Teuntje in koor. ‘Pas na een halfuur ging iemand naar de wc en toen duurde het niet zo lang meer totdat we bevrijd waren en de politie konden bellen.’

‘Ik had wel kunnen stikken in die kist,’ verzuchtte ik toen we de volgende dag op de vliering van ons hoofdkwartier zaten.

‘Wat denk je van ons,’ kreunde Teuntje. ‘Het hele bomenkoor had voor ons de wc gebruikt.’

Mijn maag draaide zich om.

Epiloog

De vakantie was toch nog snel voorbij. Ik nam ontroerd afscheid van mijn vakantievrienden en we beloofden elkaar dat we veel contact zouden houden. Met Teuntje sprak ik af dat we gewoon vrienden zouden blijven. Laat ik het zo zeggen: Kees & Ko is nog niet zo toe aan zoenen en zo.

'Misschien zien we elkaar volgende vakantie weer,' zeiden Bas en Teuntje door het open raampje van de auto toen we bijna wegreden.

'Gaan jullie dan ook naar Hawaï?' was mijn antwoord.

We zwaaiden elkaar uit. Geert reed nog eindje mee op zijn scooter, de sukkel. Maar ja, hoe kon hij weten dat mijn zus een mannenverslindster is.

Oké, dat was het dan. Deze experimentele vakantie zat erop. De gymleraar was alvast gewaarschuwd, en knoop nog een keer de wijze raad van een ervaren detective in je oren:

Je kunt er nooit op vertrouwen dat de zaken lopen zoals je wilt. Je kunt het alleen maar hopen.

De groeten en hartelijks,
Kees & Ko, detectivebureau

Kees

(directeur)